EL HOMBRE OSO MULTIMILLONARIO

CONJUNTO DE CUATRO LIBROS DE ROMANCE DEL ALFA

AJ TIPTON

Traducido por
LAURA GS ALVAREZ

Illustrated by
PADRÓN

Este libro es para la venta a un público adulto solamente. Contiene escenas sustancialmente explícitas y leguaje gráfico que puede considerarse ofensivo por algunos lectores.

Esta es una obra de ficción. Todos los personajes, nombres, lugares e incidentes que aparecen aquí son ficticios. Cualquier parecido con personas reales, vivas o muertas, organizaciones, eventos o locales es pura coincidencia.

Todos los personajes sexualmente activos en esta obra son de 18 años o mayores.

 Creado con Vellum

EL HEREDERO DEL ALFA

El escritorio de caoba atravesó la ventana en una lluvia de pedazos de vidrio rotos.

Acabo de arreglar esa ventana, pensó Orson, cerrando fuertemente sus puños sobre la sábana alrededor de su cintura. El aire frío de la ventana rota sopló sobre sus pectorales desnudos y sus pezones se convirtieron en puntas endurecidas.

"Cálmate, papá", dijo con los dientes apretados.

Su oso interior se movió dentro de su pecho, tratando de salir a la superficie en respuesta a la creciente amenaza. *No ahora, aún no. No aquí,* le dijo al oso, presionándolo de vuelta hacia adentro. *No mientras ella está en peligro.*

"¿Cómo te atreves a desobedecerme? ¡Eres una vergüenza para tu clan!" rugió Nikolai, levantando la silla favorita de Orson y lanzándola contra un librero. Las repisas temblaron y se rompieron, lanzando los libros de Orson de varios lenguajes de programación hacia el piso. El premio en forma de esfera que Orson ganó por un logro excepcional en software innovador rodó por el suelo de madera dura.

"Por favor, no sabía". La fuente del problema de hoy se quejó en la esquina. Sarah temblaba mientras se ponía su ropa, sus curvas deliciosas desaparecían bajo un suéter voluminoso.

Habían estado saliendo durante algunos días y Orson sabía que no duraría, al oso dentro de él nunca le había gustado, pero hacía solo unas horas finalmente había logrado convencerla para que se quitara toda la ropa cuando tuvieron sexo. Cuando ella finalmente se había dado cuenta de qué tanto él necesitaba la visión de sus grandes pechos moviéndose mientras se sumergía rudamente dentro de sus dobleces, la excitación era exquisita. La mirada de sorpresa en su cara en ese momento no compensó la expresión aterrada que estaba trazada ahora. Apenas había tenido tiempo de terminar antes de que su padre destrozara su puerta frontal y la convirtiera en madera para una fogata.

"¡Eres mi hijo!" rugió Nikolai. "Soy el Alfa. Harás lo que es bueno para tu clan o te mataré". Dejó de moverse por un segundo. "O aún mejor, haré traer a Cleo. Ella pondrá un alto a este comportamiento ridículo". *Porque necesito otro recordatorio de que piensas que Cleo sería una mejor Alfa para nuestro clan que tu propio hijo,* Orson pensó, respirando profundo. Pasó su mano por su cabello negro y corto, y se recordó, de nuevo, que debía respetar a su padre.

La camisa de franela de Nikolai empezaba a romperse mientras su oso interno se estiraba debajo de su piel, la capas de piel y músculos rompiendo la tela de cuadros rojos y negros en pedazos. A través de la camisa que se rompía, Orson podía ver las cicatrices superpuestas de su padre atravesando su pecho. Cada una era un recordatorio de la diferente forma en que veían lo que era "correcto para el clan".

"Cleo tiene su propio negocio del cual preocuparse", dijo Orson.

Moviéndose lentamente, levantó la bolsa de Sarah del piso y caminó hacia ella para entregársela, manteniendo su cuerpo de forma protectora entre ella y su padre acechador.

"Cleo no tiene ningún negocio más importante que asegurarse de que su prometido se mantenga fiel", dijo Nikolai. Levantó la esfera que rodaba y la estrelló contra la siguiente ventana intacta.

Estoy seguro de que la compañía de Cleo que se encuentra en la lista de 500 compañías de Fortune no estaría de acuerdo contigo en eso, Orson se mordió la lengua para evitar decirlo. Orson observó la sala de estar destrozada. Mientras su padre mantuviera su ira dirigida a los muebles y premios, Sarah seguiría respirando.

"¿Quién es Cleo?" susurró Sarah mientras tomaba la bolsa de su mano y la apretaba contra su pecho.

"Un matrimonio arreglado. Créeme, no significa nada", contestó. Podía olerla, sin que el perfume que había vertido sobre su piel pudiera esconder el olor a acre y miedo que brotaba de su piel. "Te llamaré mañana". Mantuvo un ojo en su padre, pero estiró una mano para ayudar a Sarah a pararse.

"No, ¡no lo hará!" gritó Nikolai pateando los libros esparcidos de forma que volaron por el aire. "¡Mi hijo no tendrá ninguna *asociación* con ninguna escoria humana!"

Sarah se alejó de la mano de Orson y usó la pared para ayudarse a parar. "Lo siento, Orson. Ha sido genial, pero realmente no tengo el tiempo de lidiar con..." miró entre él y su padre. "Todo esto".

Orson asintió con la cabeza, manteniendo su cara cuidadosamente quieta. No la había amado pero el rechazo le dolió. La había hecho venirse tres veces; *seguramente* ella no iba a darlo por perdido tan fácilmente.

Sarah se paró, abrazando fuertemente su bolsa frente de ella.

Aparentemente sí se iba a rendir así de rápido. Asintió con la cabeza para mostrar que entendía y se volvió hacia su padre.

Se enfocó en la sensación de las fibras suaves de la sábana entre sus dedos mientras escuchó el ruido de las botas de Sarah sobre el mármol todo el camino hasta salir por la puerta. Su sensible oído animal escuchó cómo se azotó la puerta de su auto, seguido por el fuerte sonido del encendido de un motor, desvaneciéndose conforme aceleró alejándose por su larga entrada para autos. Orson se enfocó en sus respiraciones lentas y constantes hasta que escuchó que su auto desapareció de su calle privada a través del bosque.

Entonces se dejó ir.

Su oso interior explotó desde adentro, llenándolo y transformándolo en un grizzli gigante, su cabeza masiva cubierta de pelo rozando las vigas de madera de su techo de más de tres metros de altura.

En una respiración, Orson se sintió *bien* por primera vez en horas, sus formas de humano y de oso mezcladas en su ser auténtico de músculos, garras y quijada. Rugió y las paredes vibraron, las pinturas y espejos cayendo al suelo a su alrededor.

"Eres débil, niño", Nikolai rugió mientras se convertía en oso, su cabeza alcanzando el hombro de Orson. Su quijada alargada distorsionó su voz para convertirla en un rugido grave pero sus palabras y su desprecio eran claros. "Yo ya había vencido al Alfa cuando tenía tu edad y ¿qué has hecho tú? ¡Jugar en tu computadora!"

"¡Yo he provisto para nuestro clan!" Orson rugió. Sus instintos de Alfa lo empujaron para probar a su padre que merecía respeto. Solo su padre vería el desarrollo de un software con valor de miles de millones de dólares como algo de que avergonzarse.

En su forma de oso era más difícil pelear contra sus instintos de retar a su padre por el dominio. *Él es el Alfa,* repitió una y otra vez. *Es mi deber respetar al Alfa.*

"¿Qué importará tu dinero si tus acciones traen deshonor a nuestro clan y a mi nombre? Estabas cogiéndote a una humana, Orson, a una sucia *humana".*

Orson se forzó para regresar a sus cuatro patas, agachando su cabeza. Quería especificar que coger a una humana no era una falta de respeto para su clan. Los clanes de osos eran demasiado pocos y estaban demasiado esparcidos para seguir las viejas costumbres de solo reproducirse con otras personas que se transformaran en osos. Solo un puñado de Alfas que quedaban con mentalidades del Viejo Mundo, como su padre, se aferraban a esa forma de vida de mentalidad cerrada. Hacía mucho tiempo, unas treguas forzadas habían acabado con las guerras entre los clanes y habían detenido las tradiciones antiguas de retos violentos por los cargos más altos. El mundo de Nikolai había desaparecido antes de que Orson siquiera naciera.

Por supuesto, las viejas rivalidades seguían ahí; las viejas disputas no desaparecían tan fácilmente. Pero, ahora, jugaban en el símbolo más poderoso de la era moderna: el dinero. Cualquier otro líder Alfa habría estado orgulloso de los logros de Orson, vender su software y ganar miles de millones de dólares para las cuentas del clan. Había probado a su gente que podía proveer para ellos de una manera que conllevaba poder y honor.

¿Cómo había reaccionado su padre cuando había ganado sus primeros mil millones? Ridiculizándolo por no tener suficientes cicatrices.

Orson tensó su quijada y se concentró en cambiar, reduciendo su figura a su tamaño humano. Su oso interior rugió y peleó, pero Orson lo obligó a permanecer adentro. A pesar de lo mucho que su padre lo frustraba, Nikolai era el Alfa y Orson tenía que respetar eso.

Levantó la silla que estaba boca abajo y la volteo para colocarla de regreso en el piso. El marco de madera dura apenas estaba dañado. Orson no se preocupó por envolver la sábana alrededor de su cuerpo desnudo antes de acomodarse en la silla. Solo se había molestado con la sábana por las delicadas sensibilidades humanas de Sarah. Ahora se preguntaba por qué se había dado la molestia de estar con ella.

Orson se dio cuenta de la ironía divertida de que su padre se mantuviera en su forma de oso mientras caminaba sobre sus cuatro patas. Aún con Orson en su figura humana más débil, el oso en Nikolai reconocía la amenaza de un Alfa más joven en la habitación.

"Si no me escucharás como tu padre, escucha a tu Alfa. Respetarás la alianza que hice entre Cleo y tú o no aceptaré que seas mi heredero".

Orson se quedo inmóvil. Quería creer que era una amenaza sin fundamentos. No tenía hermanos y el clan no tenía otros potenciales Alfas. Si Nikolai lo rechazaba como su heredero, el clan moriría, dejando a Orson como un Alfa perdido sin familia ni nombre. Aún tendría el dinero que había ganado, por supuesto, pero perdería al clan al que había pasado toda su vida protegiendo.

¿Realmente se sentía su padre tan amenazado porque no fuera su espejo sediento de sed como para negarle a Orson su derecho de nacimiento?

Orson estudió el caminar agresivo de su padre, el frío determinado en los ojos de su padre.

Podría.

"Sí, padre. Me casaré con Cleo y me mantendré alejado de otras mujeres". Orson podía sentir el inicio de un dolor de cabeza. *¿Casarse con Cleo?*

Nikolai asintió lentamente con la cabeza, sus ojos volviéndose más estrechos. "Bien, asegúrate de hacerlo".

Necesito una bebida.

"¡Mierda!" Casey maldijo suavemente mientras veía el vaso para cerveza estrellarse contra el suelo. Sacó la pequeña escoba manchada y el recogedor de un estante abajo de la barra y suspiró. *Sip, es justo ese tipo de día. Desastre profesional, un atuendo terrible y ahora estoy rompiendo cosas.*

El bar AUDREY'S estaba relativamente tranquilo para un martes. Los clientes habituales aún no habían llegado y el vampiro en la esquina que bebía un coctel de A positivo y vodka estaba leyendo una novela criminal de forma tan intensa que Casey estaba segura de que no se daría cuenta si un desfile de tigres en disfraces de plástico pasaba por el bar. Casey depositó los pedazos de vidrio rotos en el bote de basura tan calladamente como pudo, jalando la costura de su camisa mientras se agachaba. Esta camisa era mucho más corta de lo que le gustaba; lo último que necesitaba hoy era mostrar su panza.

"Perdón por eso, Audrey. Puedo pagarlo sin problema", le dijo a la dueña del bar, quien servía bebidas a su lado.

"Ay, por favor, no te preocupes por eso", Audrey sonrió mientras servía hielo en dos mezcladores de cocteles. Chasqueó sus dedos y la basura que quedaba de los vidrios rotos en el piso desapareció en una nube dramática de humo. "Nunca superarás el récord de Lola de la mayor cantidad de vasos rotos en un día. Aunque eso fue más 'lanzar' que 'tirar'…"

Casey observó sorprendida mientras los cocteles listos de Audrey flotaban en el aire sobre las cabezas de los clientes, aterrizando suavemente en una de las mesas de madera cercanas.

Nunca me voy a acostumbrar a este lugar.

Casey había estado consciente cuando Audrey la había contratado para servir bebidas en AUDREY'S de que era un bar para sobrenaturales. Aún después de más de un año, Casey no podía evitar quedar un poco boquiabierta cada vez que Audrey mostraba sus habilidades de bruja. Ser humana era tan aburrido a veces.

Las puertas del bar se abrieron repentinamente con un rugido mientras seis hombres cubiertos de lodo entraron en varios estados de desnudez, cantando un himno borracho tan confuso que Casey no podía determinar si estaban cantando sobre un "ganador" o un "nadador". Cargaban a su ganador en sus voluminosos hombros, cantando y escurriendo agua por todo el piso.

Casey se detuvo antes de babear ligeramente al ver toda esa piel musculosa desfilando enfrente de ella. Este era uno de los mejores beneficios de ser parte del personal de AUDREY'S: los hombres que se transformaban en animales. Cada persona tiene un tipo y el de Casey era grande, medio desnudo y rugiente.

"¡Orson es el ganador de nuestro Reto de hombres que se transforman en animales!" la voz de Lola resonó por todo el bar mientras entraba caminando detrás de los hombres. Las largas trenzas negras de la mesera del bar flotaban sobre su cabeza, meciéndose por cuenta propia. Su sonrisa roja brillante era del mismo tono que los pétalos de rosa en el tatuaje con espinas alrededor de su cuello que bajaba bastante hacia su generoso escote. Lola saltó sobre la barra en un movimiento rápido sin esfuerzo, tomó unas cuantas jarras mientras saltaba por el aire y las colocó debajo de las llaves de cerveza en un solo movimiento ágil. "¡Démosle una bebida a nuestro campeón!"

Audrey y Casey aplaudieron desde atrás de la barra mientras los hombres gritaban felizmente. Casey se concentró en mantener su expresión facial neutral mientras Orson, el hombre que se convertía en oso, fue bajado al piso y el grupo se acomodó en una de las mesas de la parte de atrás. Los hombres así de atractivos no se fijaban en pobres meseras-banqueteras pesadas y el intento no valía el que le rompieran el corazón.

Lola sonrió con su común sonrisa misteriosa mientras abría las llaves. Siempre era difícil saber lo que Lola realmente pensaba, pero Casey sabía que Lola estaba orgullosa del Reto de hombres que se transforman en animales de los martes en la noche. Ella misma colocaba los obstáculos, un caos mezclado de troncos y cuerdas a través del cual los hombres lobo, hombres pantera, hombres zorro y demás correrían unos contra otros en su forma animal. Al menos mantenía la entrada de propinas los martes por la noche, lo cual era algo que Casey necesitaba desesperadamente hoy.

"Oye, ¿qué pasa?" Audrey miraba a Casey con su cabeza inclinada de lado y una ceja arriba. *Descubierta.* Casey sabía que no había forma de escapar de una conversación cuando Audrey la veía de esa forma.

Casey tomó un mechón suelto de su cabello rubio pelirrojo, mentalmente maldiciendo su poca habilidad para mantener una cara de póquer. Mi compañía de banquetes tenía este gran pedido esta semana. Todo estaba perfecto hasta que cancelaron hace 20 minutos. Por contrato están obligados a pagar por la mitad de la comida, pero aún tengo que pagar la otra mitad y la renta de la camioneta refrigerada. Era esta familia adinerada que se suponía sería una gran fuente para referencias, pero ahora solo estoy jodida".

Audrey envolvió a Casey en un abrazo. "¿Con la manera en que cocinas? No hay forma de que no estés destinada para la grandeza culinaria. Trae la comida y la venderemos a todos los que están aquí. ¡No se podrán resistir!"

Casey apreció el abrazo, a pesar de que el marco delgado de Audrey se sentía pequeño y puntiagudo contra su cuerpo más suave y amplio. "Hay una cuestión sobre algún tema legal..." movió su mano en el aire tratando de pensar en la frase oficial. "No puedes revender la comida. Sin embargo, la puedo regalar". Casey sonrió por primera vez en lo que se sentía como horas. Al menos la comida sería consumida. Casey amaba alimentar a las personas. Aún si no iba a poder ganar dinero, al menos podría ver las expresiones entusiastas de los hombres que se transformaban en animales cuando probaran sus platillos.

"¿Tal vez puedes empezar con nuestro campeón?" Lola caminó de regreso y señaló a la mesa de hombres llenos de lodo. Orson se extendió sobre uno de los bancos de la barra, haciendo que la madera pareciera pequeña e insubstancial debajo de su gran marco. Casey cambió su peso, tratando de no mirar fijamente la cantidad impresionante de piel que estaba mostrando. "Los osos son corredores sorprendentemente rápidos, no muchas personas lo saben". Lola levantó una caja de vodka sobre su hombro con un guiño. "Te sorprenderán de más formas que esa".

Audrey se rió ligeramente mirando la figura de Lola que se alejaba, pegándole en su trasero con una toalla mojada de la barra al pasar. "Yo escucharía a Lola, Casey. Tiende a saber de lo que habla. Aunque, honestamente, ese hombre realmente no es mi tipo".

Casey se volteo para mirar fijamente a su jefa. *¿Está loca esa mujer?* Orson era *perfecto.* Lo había visto entrar al bar unas cuantas veces, aunque nunca tuvo el valor de hablarle. Su pecho era tan fuerte y amplio que eclipsaba hasta la grande cintura de Casey. Sus ojos color azul claro saltaban como joyas en contraste con su pelo negro obscuro. Y la barba apenas crecida que siempre parecía salir de su quijada acentuaba el pequeño hoyo en su barbilla. Siempre que entraba al bar, Casey tenía que evitar abanicarse con una servilleta de coctel.

"Eh... me parece que no está feo", dijo evasivamente.

Conociendo a Audrey y Lola, si admitía lo mucho que le atraía el hombre, no se detendrían hasta que la hubieran forzado a lanzarse al espacio entre sus muslos perfectos. Y después tendría que escuchar a un hombre más decirle que era "muy graciosa y linda", pero que le gustaba una mujer que quisiera "hacer ejercicio con él". El código masculino para "mujeres que no comen".

"Pero no importa", dijo Casey. "Voy a lograr sacar adelante este negocio de banquetes aunque me mate. No hay forma de que tenga tiempo para salir en citas".

Audrey se rió, señalando los charcos de lodo que se estaban formando alrededor de la entrada del bar. El agua desapareció en una nube mágica, dejando atrás una serie de baldosas secas. "Ajá... Te dejará salirte con la tuya con esa frase hoy, señorita. Pero no pienses que te creo. Ve a sacar la comida de la camioneta; yo me aseguraré de que esos ojos azules no se vayan a ningún lado".

Casey tarareó un poco mientras abría las puertas frías de metal de la camioneta refrigerada. El olor de las bandejas de bagre ennegrecido con chutney de habanero; pechugas de pollo fritas con suero de leche y salsa de carne de salchichas y hierbas; salmón ahumado con risotto de camarones Creole, y salsa bullabesa con okra y jamón Tasso llenó el aire como si estuvieran sonriendo y dándole la bienvenida. *Tal vez el día de hoy está resultando bien después de todo.*

"Hola". Una voz ronca retumbó atrás de ella.

"¡Mierda!" Casey se quejó mientras giraba, sujetando sus llaves como si fueran un arma filosa. Orson estaba parado detrás de ella, su pecho muy desnudo manchado con lodo de forma descuidada lo cual solo agregaba a la sensualidad del paquete. Podía sentir su rostro calentándose mientras toda su cara se sonrojaba.

"Orson Antonov". Él extendió su mano. Casey se movió para tomarla, después se dio cuenta de que él sujetaba un fajo de billetes.

¿Todos eran de 100 dólares? Nunca antes había visto tanto dinero en un solo lugar. Casey lo miró sin estar segura sobre

cuál estado de sorpresa debía actuar primero, si su confusión, curiosidad o entusiasmo. *Tal vez debería simplemente
besarlo.* El pensamiento vagabundo pasó por su mente y lo
reprimió.

"Creo que esto debería cubrirlo". Él presionó el fajo de
dinero en la mano de Casey, después la rodeó para levantar
las paletas de comida como si no pesaran nada. "Es efectivo
así que no tienes que preocuparte por ninguna 'situación
legal'". Se volteó y caminó alejándose hacia la obscuridad.

Maldito oído sensible. *Mierda. ¿Qué más dije?* Se volteó
para decir algo, no sabía qué, pero él ya se había ido.

Orson ignoró la catástrofe de su sala de estar. Había pedido
al personal que no lo limpiaran; los trozos de vidrio y
madera esparcidos por todos lados eran un recordatorio de
sus palabras hacia su padre. *¿Por qué dije que honraría mi
compromiso con Cleo?*

Era demasiado fácil ignorar la realidad de su prometida
con el olor de los platillos cocinados por Casey aún flotando
en el aire.

Había visto a la mesera del bar antes; era imposible no
verla. Si quería ser honesto consigo mismo, probablemente
había elegido a Sarah en la exposición sobre software
porque le recordaba a Casey. La mesera del bar tenía unas
curvas increíbles y la forma en que sus pechos sobresalían
como globos cuando se inclinaba sobre la barra era una
visión que detenía su respiración, algo para admirar. Y su
olor... era glorioso, una mezcla de almizcle femenino, masa
fresca y pimienta de Cajún.

Soltando la bandeja de pollo frito a su lado, sobre la
cama, lamió sus dedos para limpiarlos y se recostó respi-

rando profundamente, y dejando que el olor de los bizcochos frescos y la mantequilla saturara todos sus sentidos.

Se estiró para aflojar su cinturón y quitarlo de sus pantalones ajustados. Había estado duro como piedra todo el camino de regreso a casa, casi saliéndose del camino dos veces. *¿Qué tiene esta mujer que no me puedo sacar de la cabeza?*

Hasta su oso interior la aprobaba, lo cual era un detalle que no podía ignorar. Cada vez que la escuchaba hablar, reforzaba el que era inteligente, competente, leal, divertida y... otra vez... hermosa... *estoy en problemas.*

El bagre ennegrecido se había convertido en migajas al fondo de la bandeja después de haberse comido hasta la última pieza de camino a su casa y la pechuga de pollo frito con suero de leche casi se había acabado. Había tratado de convencerse de que debía congelar y guardar para más tarde el salmón asado y la bullabesa que en ese momento estaban en su mesa de noche pero la idea de alejar esos aromas de su cara se sentía tan imposible como pasar su vida con Cleo.

Era algo *muy* bueno que Casey no saliera en citas. Cuando la había escuchado a escondidas en el bar, había sentido un fuerte golpe de decepción, seguido inmediatamente por alivio. Si esa mujer estaba en el mercado, mantener su palabra a su padre iba a ser imposible.

Pero, *maldita sea,* si Casey hubiera admitido que lo quería cuando Audrey la presionó, nada lo hubiera detenido de arrastrar a Casey al famoso cuarto de "rendezvous" de AUDREY'S. Lola tenía el hábito de alentar a los clientes que quería que se juntaran a tomar demasiadas bebidas y después a que fueran a "dormir para que se les pasara" en el espacio pequeño de la habitación de atrás. Según los chismes, al menos un matrimonio, tres niños y un tratado de paz habían sido el resultado de eso.

Se quitó su ropa interior, imaginándose la pequeña

habitación de la cual solo había escuchado por historias de sus amigos. Tomando su miembro con la mano cubierta de la grasa del pollo frito, Orson empezó a bombear gentilmente. Si Casey hubiera dicho que le gustaba, no hubiera podido esperar hasta llegar a su casa o hasta llegar a su auto.

Orson sabía que hubiera tenido que lanzar su hermoso trasero redondo sobre su hombro y cargarla directo a la habitación de atrás. Ahí, hubiera desenvuelto su ropa como si removiera la piel de su pollo frito perfectamente marinado, después hubiera lamido la sabrosa piel de sus pechos como la dulce salsa de su chutney de habanero.

Incrementó la presión sobre su miembro, imaginándola montándolo, sus senos rebotando contra su pecho perfecto mientras lo dejaba sumergirse duro. Era fuerte; lo sabía por observarla cargar bandejas de vasos y filetes. Sus muslos la sostendrían mientras él se clavaría dentro de su cuerpo.

Quería escucharla rugir su nombre mientras su vulva se contraía alrededor de su miembro y deseaba que todo el bar resonara con los sonidos de su pasión. Y, también, sabía que ella rugiría. Su oso no la desearía tanto si no reconociera una fuerza afín en ella.

Imaginó su cabeza cayendo hacia atrás mientras su dedo tocaba su clítoris, mordiendo su pecho mientras ella terminaba en olas de poder glorioso. No era justo que una mujer pudiera ser tan perfecta, sus curvas redondeadas a la perfección para frotarse contra su piel. Ella dijo que no salía en citas, pero era posible que no supiera sobre su poder: el poder de llevarlo hasta sus rodillas.

El orgasmo llegó tan repentina e inesperadamente que casi se cayó de su cama.

Su corazón daba martillazos tan fuertes que le tomó casi un minuto darse cuenta de que los golpes que escuchaba no venían de su pecho, sino de la puerta.

Por Dios, si es papá, voy a tener que decirle que la alianza con Cleo se terminó, pensó mientras se ponía rápidamente sus pantalones y ajustaba su cinturón. Practicó lo que iba a decir todo el camino a lo largo de la sala de estar y hasta la puerta frontal.

La gran puerta de roble se abrió repentinamente con un fuerte golpe antes de que su mano tocara la perilla.

Cleo estaba parada al otro lado, su mano aún en un puño después de haber roto el seguro.

Necesito una puerta más resistente.

"Hola, cariño. Escuché que tuviste una conversación con tu padre", dijo mientras lo rodeaba para caminar precisamente por el pasillo en sus tacones de 12,7 cm.

Era el tipo de belleza que promocionaban en las revistas con fotografías demasiado editadas en Photoshop. Su traje gris se ajustaba perfectamente a su delgado cuerpo; sus piernas debajo de la falda de tubo eran moldes de músculo y su cabello café caía sobre sus hombros en las capas perfectamente arregladas que harían que cualquier estilista se sintiera orgulloso. Orson conocía el mundo del dinero lo suficientemente bien como para reconocer que el logotipo dorado en la bolsa de Cleo significaba que probablemente era más cara que el salario mensual de Casey. Los grandes lentes de sol de Cleo probablemente costaban más que el auto de Casey.

Papá no estaría contento de saber que ya estoy comparando todo sobre Cleo con Casey, Orson hizo una mueca mientras seguía a su prometida de regreso a la sala de estar. Casi chocó contra Cleo cuando ella se detuvo a la mitad del pasillo para estimar los daños.

"Dime qué sucedió", dijo, volteando para levantar una ceja perfectamente depilada hacia él.

"No importa", dijo Orson, caminando alrededor de ella

para dejarse caer en la silla con descansabrazos. Apuntó al sillón menos dañado e hizo un gesto para que se sentara.

Eligiendo su camino cuidadosamente entre los vidrios rotos, Cleo comenzó a sentarse antes de levantar bruscamente su cabeza y corrió -*impresionantemente en esos tacones, el pensó, solo una de las maneras en que es mucho más fuerte que yo. Estoy seguro* -a su habitación y regresó cargando la bandeja de salmón asado.

"¿Qué es esto?" preguntó, levantando uno de los pedazos y dándole una mordida. Ella gimió y agarró la bandeja más fuerte contra su pecho.

"¡Oye! ¡Eso es mío!" él se quejó, saltando de su silla. Ella le gruñó y bailó hacia atrás, quitándose los tacones de una patada para poder escabullirse alrededor de él y brincó sobre la mesa de madera dañada en la cocina. Él no estaba seguro, pero le pareció que ella había cambiado su quijada parcialmente a su forma de oso para poder dar una mordida más grande.

"¡Por Dios, Orson! ¡*En serio* tienes que emplear, secuestrar o casarte con quien sea que haya hecho esto!" ella sostuvo la bandeja muy alto sobre su cabeza antes de tomar otro pedazo y meterlo entre sus labios.

Orson gruñó y corrió a la habitación para guardar lo último que quedaba de la comida y meterla al congelador antes de que Cleo intentara agarrar más. Sabía demasiado bien desde su niñez lo viciosa que podía ponerse cuando quería algo. Aún tenía cicatrices en su mano de la vez en que había intentado recuperar sus figuras de acción cuando tenían cinco años. Por alguna razón, su padre no respetaba *esas* cicatrices.

"Créeme, si papá me diera la oportunidad, podría casarme con ella", él dijo.

"Cierto. Tu padre. Es por eso que estoy aquí". Terminando la última pieza de salmón, elegantemente saltó para bajar de la mesa y se movió de regreso al sillón para acomodarse en el cojín con sus piernas cruzadas en frente. "Está determinado a que esta boda suceda. Ninguno de nosotros dos quiere esto. Pero claramente..." hizo un ademán con su mano refiriéndose al desastre, "no está dejándolo pasar".

Orson se recostó en el respaldo de su silla. Podía oler el salmón en sus labios y fue lo más cercano que estuvo en su vida a querer besar a Cleo. "Papá viene de la vieja escuela. Amenazó con desheredarme. Tú sabes que eso no solo sería desastroso para mi clan, arruinaría el equilibrio de todos los clanes en la región".

"Exactamente. Por esto necesitamos un plan". El celular de Cleo vibró en su bolsa y lo pescó, envió un corto mensaje y lo dejó descansando sobre su pierna. "Perdón por eso, estamos a la mitad de una negociación y parece que cada pequeño detalle necesita de mi firma". Suspiró gruñendo exageradamente y se recostó hacia atrás en el sillón, pero Orson solo sonrió.

"Sabes que te encanta", dijo él.

Ella se volvió a sentar y le devolvió la sonrisa. "Sí me encanta, pero ¿sabes qué no me encanta?" Lo vio directamente a los ojos, fuertemente. "Ser considerada el peón de tu padre. Entró a la habitación de mi padre en el *hospital,* y comenzó a hablar y hablar sobre cómo te estaba metiendo en línea con este trato del matrimonio arreglado".

"Cleo, lo siento mucho. ¿Está bien tu padre?" él no conocía bien al padre de Cleo, solo tenía una vaga impresión de un líder fuerte que levantaba a Cleo por la piel de su cuello al final de sus días de juego y la cargaba hasta su casa. Orson recordaba que el viejo hombre no había ni siquiera parpadeado por las protestas y gritos de Cleo diciendo que quería terminar de darle una paliza a los demás niños en cualquier juego que estuvieran jugando. Cuando a su papá le dio cáncer, él había entregado su compañía y el clan familiar para que ella fuera su líder. Ella había tomado su pequeño negocio y lo había convertido en una compañía regularmente perfilada por el *Economist* como una de las más exitosas en el país.

"Tu padre no hizo demasiado daño; papá ha ignorado bien las incoherencias misóginas de Nikolai por un rato. Pero unos cuantos de los otros Alfas que se reunieron para visitar a papá lo escucharon. Cuando compré tu software para mi compañía, dijiste que el dinero te daría la influencia en tu clan para retar a tu padre. Ha pasado más de un año desde que hicimos ese trato y tu padre sigue siendo el Alfa gobernante. ¿Qué está sucediendo, Orson?"

Orson se movió en su silla. "No es un mal Alfa, realmente piensa que lo que hace es por el bien del clan".

"Ya no es la edad obscura. No estamos corriendo en los bosques del Viejo País viviendo en cuevas. Su estilo anticuado de dominar con los puños va a destruir a tu clan eventualmente". Su teléfono vibró de nuevo y lo contestó, escuchando un largo rato y después gritó, "No, ¡idiota! Te dije que es para las cuentas de *Londres*. ¿Por qué demonios estarías haciendo esto para *Oslo*? Arréglalo o tendré tu cabeza en mi escritorio antes del medio día mañana. ¡Y esa no es una metáfora!" Apagó su celular y le sonrió a Orson. "Necesitas retar a tu padre y después, como Alfa, podrás oficialmente dar por terminadas estas tonterías de un matrimonio arreglado".

"Te das cuenta de que eres un poco aterradora, ¿verdad?" dijo.

Cleo se paró, ajustando sus pies de vuelta en sus tacones y moviendo sus estrechas caderas un poco mientras caminaba hacia el congelador. "Cariño, soy aterradora, no lo olvides". Su mano estaba en la palanca del congelador cuando Orson corrió a través de la sala de estar y colocó una mano firme sobre la puerta, manteniéndola cerrada.

"Y no te olvides de que también soy aterrador", gruñó. "Y si te llevas más de la comida de Casey fuera de esta casa, te voy a arrancar la mano con mis dientes".

La sonrisa de Cleo creció. "Oh, su nombre es Casey ¿eh? Si no te haces de huevos para salvar a tu clan del liderazgo anticuado de tu padre, entonces hazlo para que podamos tener más de esta comida. Sabes que mataría a miembros de mi familia por menos".

Él respiró profundamente. "La luna llena es el momento para los retos de Alfas en mi clan. Es en dos semanas, lo haré entonces. Él apreciará que ponga atención a las viejas maneras; hasta lo podría hacer suficientemente feliz como para rendirse en cuanto haya sangre y no me forzará a matarlo". La idea le hizo sentir frío. Su padre y él tenían sus diferencias, pero los retos de Alfas podían ponerse *sangrientos*.

"No lo olvides, él también podría matarte a *ti*", dijo Cleo, mostrando un miedo sin precedentes en su expresión. "Cualquier cosa puede suceder durante un reto. Si yo fuera egoísta, te diría que pasaras las próximas dos semanas escribiendo códigos para un nuevo software que pueda usar para que mi compañía obtenga un monopolio internacional, pero sospecho que estarás más feliz si te enfocaras en..." le pegó con la palma de su mano a un costado del congelador, "placeres más *carnales*".

"Apenas si conozco a Casey", contestó. Realmente esperaba no estarse sonrojando. Cleo nunca dejaría de molestarlo. "Entonces tienes dos semanas para cambiar eso. Mejor empieza a moverte".

CASEY SE TOMÓ un momento para apreciar que, a veces, trabajar en AUDREY'S era el mejor empleo mientras alentaba a Lola, quien estaba peleando con el brazo contra un trol de montaña. La tarde había estado bastante lenta en el bar, con solo algunos de los clientes regulares entrando y Lola se había aburrido. Una Lola aburrida era una Lola peligrosa.

El trol de montaña era un bruto corpulento, de al menos tres metros de altura, con brazos tan anchos como platos de cena. Unos tatuajes feroces de cráneos naranjas cubrían casi toda su piel verde. En comparación, Lola parecía un hadita, su cabeza apenas llegando a la mitad de su pecho. Su parte más larga era su cabello. Nadie sabía realmente qué era Lola (nadie tenía los huevos para preguntar), pero ella sonreía felizmente mientras el trol la veía con el ceño fruncido, los cientos de pequeñas trenzas saliendo de su cabeza bailando felizmente alrededor de su cara. La pobre mesa entre ellos rechinó y gruñó bajo la gran fuerza ejercida sobre ella, moviéndose en el piso desnivelado del bar.

"¡Baja! Como... tu... ¡MADRE!" gritó Lola mientras empujaba el brazo del trol hacia abajo, partiendo la parte de arriba de la mesa en dos.

Audrey, parada detrás de Casey en la barra, murmuró, "Lista de cosas que hacer: comprar una nueva mesa", mientras Lola saltaba para agregar otra victoria a su tabla de "Campeona de Peleas de Brazo" en la pared.

Casey sonrió mientras sacaba un tarro de miel de abeja llena de germinados de lavanda, lo mezclo con ron y puso la mezcla de miel en la licuadora de hielo para una ninfa de árbol que esperaba. Las puertas dobles de la entrada se abrieron y Casey levantó la mirada, ajustando su cara a una expresión de bienvenida.

Una sensación de calidez inundó su cuerpo. La habitación se sintió muy pequeña y su cabeza parecía flotar. Era difícil respirar.

Era él.

Orson Antonov entró caminando al bar, el sol en ocaso en su espalda, vestido en un elegante traje a la medida que acentuaba su marco musculoso.

Se veía como un maldito súper héroe.

"Puedes cocinar". Su voz era tan hermosa -un tipo de gruñido grave que dejó réplicas en la boca del estómago de Casey- le tomó un segundo reconocer las palabras que estaba diciendo.

Oh Dios, me está hablando a mí. Era demasiado consciente de que hoy era el día de lavandería y de que se había puesto su camisa de trabajo menos favorita que le apretaba un poco en la cintura y se levantaba de atrás. "¿Sí?"

Su fajo de billetes de $ 100 dólares era mucho más pequeño al fondo de la bolsa de Casey. Había sido mucho más que el costo original de los alimentos y la preparación. Después de guardar en su bolsillo lo que necesitaba para cubrir la renta de este mes y pagar una tarjeta de crédito, realmente pretendía regresarle el resto. No necesitaba donaciones y ya estaba tan en trance por su poder hipnótico que no estaba segura de lo que significaría además estar en deuda financiera con él.

"Quiero decir que cocinas bien. La comida estaba deliciosa".

Había algo en la forma en que se paraba, con sus pies a la distancia de sus hombros, su cadera ligeramente de lado, que era tan sensual sin hacer ningún esfuerzo que la hacía querer caer de rodillas y ver qué tanto de su miembro podría meter en su boca. *Enfócate. No pienses en su miembro debajo de tu lengua.* "Oh, muchas gracias", *realmente quiero chupar su miembro ahora. No lo digas.* "En realidad tengo una compañía de banquetes..."

"Escuché. El oído de los que nos transformamos en animales es más potente que el de los humanos".

Cierto, eso. Realmente no era justo. ¿Cómo podía un hombre tan guapo, tan rico, tan inteligente (había vendido su software innovador por miles de millones antes de cumplir treinta, por Dios) -no era que hubiera llegado a casa a buscar en Google todo sobre él ni nada así- también tener sentidos súper naturalmente mejorados y la habilidad de convertirse en un maldito *oso* a voluntad? ¿La naturaleza no requería que las personas tuvieran al menos un defecto o debilidad? *¿Por qué me está hablando a mí?*

Él sacó una tarjeta del bolsillo de su saco. "Voy a tener una reunión para algunos asociados de negocios".

Oh, necesita a alguien que haga un banquete. Casey intentó no sentirse demasiado decepcionada. No era como si los multimillonarios que se convirtieran en osos fueran por ahí invitando a salir a las personas como ella. *Esto probablemente será genial como negocio,* se recordó a sí misma, intentando hacerse ver un rayo de luz en la obscuridad.

"Por supuesto. Definitivamente estoy disponible".

"Perfecto. Aquí está una tarjeta con mi dirección. Siete en punto, hoy en la noche". Dejó la tarjeta en la barra.

"Maravilloso, puedo ofrecerte una..." ella subió la mirada para ver como las puertas del bar se mecían para cerrarse. Él ya se había ido. *Lola tenía razón. Los osos sí que pueden moverse.*

∿

CASEY ARREGLÓ su cola de caballo en el retrovisor del auto, calmándose a sí misma. "No estés nerviosa, no seas rara, no seas torpe. Tú puedes con esto". Sostuvo su portafolio -una gran carpeta blanca llena de fotografías y descripciones de sus trabajos en banquetes anteriores- como un escudo frente a su pecho. Mientras se bajaba del coche y caminaba por el camino frontal bien cuidado, intentó respirar profundo y lograr deshacerse del sonrojo en sus mejillas.

Su casa era enorme, cuatro pisos de piedra con ventanas inmensas con vista al bosque alrededor. La mansión estaba tan escondida detrás de un camino privado que había revisado su GPS a cada rato para asegurarse de que había un lugar al final de la nada. Se fijó en las alas de la casa (al menos tres que pudiera ver desde el frente), intentando mantener en mente cuántos meseros tendría que utilizar para servir en toda la propiedad.

Tocó la campana y comenzó a escribir notas en un cuaderno legal que había llevado, masticando sin pensar la tapa de la pluma mientras esperaba.

"¿Sí?" Un hombre mayor en smoking abrió la puerta, haciendo una mueca. Casey casi se ahogó con la tapa de la pluma, escupiéndola en el piso de masonería alrededor de la entrada. *Maldita sea ¡un mayordomo a la antigua de verdad!*

"Hola, sí señor Orson... el Sr. Antonov... me pidió que viniera. Dijo que iba a tener una fiesta y..." mostró vagamente su portafolio. "Hago banquetes".

El hombre no se movió, no habló. Siguió viéndola como si estuviera esperando a que respondiera una pregunta que no había hecho aún.

"¿Soy Casey?" intentó.

La actitud del hombre cambió instantáneamente. Sonrío de una forma que mientras que no era cálida, seguía siendo una sonrisa y abrió la puerta. Entró de regreso en la casa para permitirle a Casey ingresar.

"Todos están por aquí". Caminó por delante de ella, llevándola por una serie de pasillos cortos.

¿Todos?

El lugar era un laberinto de nichos bien decorados y terminados de madera. Cada vuelta representaba una nueva pieza de arte o detalle arquitectónico. Había sabido que Orson era rico, pero no se había dado cuenta de que tenía un gusto tan exquisito.

Dieron una última vuelta y entraron a un cuarto enorme, iluminado por candelabros de cristal ornamentales. Todo el cuarto estaba lleno de personas vestidas con smoking, vestidos de baile extravagantes y, lo peor, personas de servicio de banquetes en uniforme. Casey miró hacia abajo para ver sus jeans, tenis y camisa de botones.

La cagué.

No había forma de que necesitara una consulta de banquetes, Orson *claramente* tenía solucionado el tema de la comida. Ella giró, esperando obtener la discreción misericordiosa del mayordomo para sacarla de ahí sin ser vista. Pero el hombre se había ido.

Maldiciendo a los hombres sobrenaturales que se transformaban rápidamente en animales, Casey corrió de regreso al pasillo esperando encontrar al mayordomo. *¡Ni siquiera me dijo su nombre! ¿Debería gritar nombres estándares de mayordomos? ¿Eso es ofensivo?*

"Mierda", murmuró caminando de regreso por la casa. Había estado tan enamorada por el encanto del lugar que no había puesto atención al camino entre la puerta frontal y el salón de bailes. *¿Eran dos vueltas a la izquierda y una a la derecha? ¿O dos vueltas a la derecha y una a la izquierda? ¿Cómo demonios salgo de aquí?*

"¿Perdida?" Una voz obscura habló atrás de ella.

Era ÉL. Casey intentó hacer un tono casual, casi aburrido. "Ya me iba, de hecho". Salió como un chillido. Giró la perilla de la primera puerta que vio, rezando por que fuera la salida.

"Ese es el cuarto de lavado". Él se rio. "Ven conmigo". Ella pensó que se veía increíble en el bar pero aquí, era deslumbrante de una forma no natural. El traje hecho a la medida acentuaba sus amplios hombros y la sutil "v" que se formaba hacia su cintura. Podría haberse visto como un súper espía de las películas excepto por la barba corta que cubría su barbilla. El cabello obscuro le daba a su cara una imagen tan guapa que la hacía querer frotarse toda contra él.

Casey se sintió aún más desarreglada que antes mientras lo seguía subiendo una corta escalera y bajando por un largo pasillo con una alfombra roja elegante que se hundía de forma placentera bajo sus tenis. "No creo que este sea el camino..." ella empezó.

"Creo que vas a querer esto". Él la llevó a una gran habitación con grandes ventanas y vista hacia el bosque detrás de la casa. El marco de madera clara de la cama estaba decorado con figuras talladas de osos peleando, alimentándose y... haciendo otras cosas. Cuando ella se dio cuenta de lo que estaba viendo, toda su cara se sintió caliente.

Estoy en la habitación de Orson. No te asustes. Actúa relajada.

Él le dio un vestido negro que llegaba hasta el piso con un cuello en forma de corazón, mangas de gasa fina con patrones de pequeñas cuentas plateadas y una apertura en la falda que iba tan arriba que la respiración de Casey se detuvo. Era para quitarle el aliento.

"¿Para *mí*?" La voz de Casey salió como un susurro.

"Pensé que podrías querer algo para la fiesta". Él le entregó dos cajas. "Zapatos y un collar. La mujer de la tienda me vio venir desde kilómetros atrás". Su cara se transformó con una sonrisa que derritió el interior de Casey.

Casey no se lo pensó dos veces.

"Saldré en seguida". Tomó el vestido y corrió al baño dentro de la habitación, gritando sobre su hombro. "¡Gracias!"

¿Qué estoy haciendo? ¿Realmente estoy haciendo esto? Sip. Totalmente. Mierda.

Tomándose un momento para agradecer a los dioses por el buen momento en que había decidido rasurarse esa mañana, deslizó el vestido sobre sus muslos. La tela sedosa del vestido se sintió increíble en su piel y abrazó cada una de sus curvas. *¿Cómo demonios sabía mi talla?* Metió sus brazos en las mangas, ajustando el escote antes de pasar sus dedos rápidamente por su cabello. Refrescó su maquillaje con los pocos recursos que encontró en su bolsa y esperó que el salón de fiestas no tuviera luces demasiado brillantes.

Salió del baño, deteniéndose sorprendida. Orson se estaba cambiando su traje y estaba parado frente a ella usando solo su ropa interior con patrón de osos de peluche, comparando dos smokings en frente de él.

Casey se quedó boquiabierta. Había *mucha* piel a la vista y verlo casi desnudo en la intimidad de su habitación de pronto se sintió muy diferente a verlo sin camisa y cubierto de lodo en el bar.

"Oh, ¡perdón!" Casey dijo inhalando. Quería tocarlo tanto, pasar sus dedos por el pelo que cubría su pecho y empujar sus senos contra la cara de Orson. La necesidad era tan grande que se forzó a quedarse parada sin moverse por miedo a lanzarse a sus brazos. "No sabía que te estabas... eh... cambiando". *Él tenía que saber que yo iba a salir ¿cierto?*

Si esta era su forma de mostrarle que estaba interesado, ella no se iba a quejar.

Aquí voy. Casey se volteó lentamente, mostrándole el largo cierre que corría de su cuello hasta justo arriba de su trasero. "¿Me lo cierras?"

Su corazón latía fuertemente mientras lo escuchó acercarse con pasos ligeros en el piso de madera limpio. Podía sentir la respiración caliente en su cuello cuando se agachó.

"¿Te gusta?" Ella no podía definir si él le estaba preguntando sobre el vestido o sobre su cuerpo casi desnudo.

El calor que irradiaba la piel de Orson, combinado con la sensación de su mano en la cintura de Casey era tan intenso, que Casey tuvo que aguantar un gemido. "Es maravilloso. ¿Cómo supiste mi talla?"

Él tomó gentilmente el cabello de Casey con una mano y pasó sus dedos por la parte de atrás de su cuello mientras lo movía lejos del cierre, dejando un camino de escalofríos. "Pongo atención. Especialmente cuando se trata de lo que quiero".

Mierda. Casey se sentía como si fuera a estallar en llamas en cualquier segundo.

El cierre del vestido estaba cerrado a la mitad ahora y él arrastró un dedo con una lentitud insoportable sobre la piel expuesta delante del cierre conforme se movía. Casey podía sentir la dureza de su erección que apenas se disfrazaba por la tela delgada de su ropa interior, presionando sobre su espalda. Su deseo la calentó entre las piernas con un calor creciente e insistente.

"¿Qué quieres, Orson?" Giró para verlo de frente, retándolo con sus ojos.

"Te quiero a ti", gruñó. Orson la jaló hacia él, haciendo moretones en sus labios con el choque de su beso. Su lengua invadió la boca de Casey, probando y acariciándola por dentro. El poder de Orson rodeándola hizo crecer el calor dentro de ella a un fuego quemante. Se estaba asando en el calor de Orson y no quería que terminara nunca. Él detuvo el beso, sus labios trazando un camino a lo largo de la barbilla de Casey y después lamiendo y mordiendo suavemente su cuello.

·Oh, bien", ella exhaló. "Porque si no me coges esta noche, haré que Lola te mate".

Orson se rió divertido, la vibración recorriendo todo el camino desde su cuello hasta sus pechos. "Eres una verdadera Alfa después de todo", jaló a Casey del vestido en un solo movimiento ágil y la acercó, sus manos recorrieron la expansión de su piel. No había tiempo de sentirse consciente; lo único en lo que podía pensar era la sensación de sus manos en su piel, su boca en su pecho haciéndose camino hasta sus senos.

Su brassiere y bragas habían desaparecido de su cuerpo antes de siquiera sentir sus manos en el seguro. Orson parecía estar en todos lados al mismo tiempo, abarcando su mundo. La presionó contra la pared, levantando su peso sin ningún esfuerzo mientras su mano recorría su pantorrilla hasta la rodilla, tomándola por debajo de su muslo con un control firme.

Su mordida en el pezón de Casey fue gentil, pero posesiva, y ella entrelazó sus dedos con el cabello de Orson, sosteniéndolo ahí mientras él lamía su pezón parado. Lo mordió suavemente, pero con hambre y Casey dejó salir un gemido mientras la mano libre de él comenzaba a dar masajes a su otro pecho; su mano y su boca moviéndose en un ritmo tortuosamente lento.

Casey se quejó con un sonido de frustración, presionándose contra la pared, intentando empujarse más cerca del calor de Orson. Deseaba más, deseaba tenerlo dentro de ella, *ahora*. Tomó la mano en su muslo y la arrastro hacia arriba, a su centro, presionando la mano de Orson sobre tu clítoris y empujándose contra sus dedos mientras sentía la tensión aumentar.

"Estás tan caliente", él gimió contra su pecho y mordió un poco más fuerte mientras insertaba un dedo profundamente en su entrada, llenando y estirando su clítoris al tocarlo con la palma de su mano. Ella montó su mano, agarrando fuertemente su cabello y golpeando contra la pared.

"Orson, ¡por favor!" Casey gimió, empujándose más profundamente sobre su mano y estiró su brazo para acariciar la erección a través de su ropa interior, pero él tomó su mano y la presionó contra la pared.

"Aún no, bebe. Aún no estás lo suficientemente mojada", él dijo. *¿No estoy lo suficientemente mojada?* Ella pensó que se iba a ahogar en su deseo en cualquier segundo.

Él dejó ir el pecho que estaba en su boca y presionó su cuerpo completo contra ella, besándola rudamente mientras sus dedos presionaban más profundo dentro de ella. Sostuvo la mano de Casey por encima de su cabeza, frotando los pechos de Casey contra su pecho desnudo.

La fricción gentil la estaba volviendo loca. Se movió y empujó fuertemente contra la mano de Orson, intentando acercarse más. La presión estaba aumentando de una forma tan intensa que pensó que iba a gritar.

Justo cuando se sintió lista para pelear contra él para llegar a su miembro, él pellizcó su sensible clítoris y ella sintió el orgasmo explotar desde dentro de ella en olas. Gritó sílabas incoherentes mientras los hábiles dedos de Orson acabaron de provocar los últimos segundos del orgasmo en ella y Casey se dejó caer contra la pared.

"¿Segura de que no quieres ir a la fiesta?" él sonrió,

obviamente complacido con el trabajo de su mano. Llevó sus dedos empapados a sus labios y los lamió. Ella nunca había visto algo tan sensual. ¿*Fiesta*? Le tomó un largo momento recordar sobre qué hablaba Orson.

"¡Ay, Dios! ¡La fiesta! ¿Crees que hayan escuchado...?"

"Son personas que se transforman en animales. Por supuesto que escucharon", la sonrisa de Orson creció.

"Oh".

"¿Estás bien con eso?" su sonrisa se hizo un poco más pequeña y ella sintió como su corazón se derretía un poco. "Podríamos regresar a la fiesta si quieres, estoy seguro de que hay algunos buenos contactos para banquetes ahí..."

Ella observó el vestido arrugado en el piso, pisoteado en su emoción por llegar a la pared, y los tacones que se veían incómodos. Después vio al hombre perfecto con la ropa interior levantada por su erección parado frente a la cama.

"Por supuesto que no". Ella corrió atravesando la habitación y saltó sobre él, envolviendo sus piernas alrededor de su cintura y empujándose hacia arriba para besarlo. Esperaba que él cayera hacia atrás, sobre la cama, pero simplemente la sostuvo como si pudiera estar parado todo el día con el peso de Casey sobre su pecho.

Sabía que me encantaban los hombres que se transforman en animales. Los músculos de Orson se hincharon y la rodearon. Su erección empujaba contra su centro.

"¿Realmente necesitas esa ropa interior?" susurró, mordiendo su oreja. No pensaba que pudiera excitarse de nuevo tan rápidamente después de haberse venido, pero podía sentir cómo se empezaba a mojar hasta formar un charco.

Orson caminó con ella el resto del camino hacia la cama y la acostó sobre la colcha, mirándola como si se la fuera a comer de pies a cabeza.

"Te ves tan bien en mi cama", suspiró.

La boca de Casey se secó cuando él se quitó la ropa interior y su erección saltó hacia afuera, gruesa y poderosa. Las piernas de Casey se abrieron y ella se empujó hacia arriba en la cama.

"Se verá mucho mejor contigo encima". Ella no estaba segura de dónde había venido su atrevimiento, pero Orson la hacía sentir segura de una forma en que nadie la había hecho sentir antes. Él era tan grande; hacía que sus curvas se sintieran sensuales en lugar de abrumadoras.

Ella dobló un dedo para indicarle que se acercara más. "Ven acá", le dijo.

Él gateó hasta ella, atravesando la cama, su expresión era tan intensa que ella se retorció. "Deberías saber algo de los Alfas", él dijo mientras sus manos tomaban las rodillas de Casey. Sus uñas recorrieron suavemente el interior de sus muslos y se agachó para morder y lamer suavemente sus piernas con sus dientes y su lengua. "No nos gusta que nos digan qué hacer". Orson provocó los muslos de Casey con sus dientes y lengua, subiendo lentamente. Casey comenzó a gemir y a suplicar.

"Oh, por favor. Te necesito". Casey levantó sus caderas en frustración. Su toque la iba a sacar de quicio.

"Aún no", él llevó su boca al centro empapado de Casey, haciéndola gritar con un largo gemido. La jaló hacia él, lamiendo sus dobleces mientras circulaba su clítoris inflamado con sus dedos.

Ella se empujó contra él, preparándose contra la cabecera de la cama con una mano, sintiendo la energía familiar que corría por su cuerpo.

"Oh, mierda, sí, justo ahí. Oh Dios, no pares".

Él se sumergió con dos dedos dentro de ella, lamiendo su clítoris, entrando y saliendo fuerte mientras ella llegaba a su clímax una vez más, presionándose fuerte contra su mano y ella gritaba de placer. A Casey ya no le importaba la fiesta que estaba sucediendo o cuántas personas elegantes podían escucharlos.

Terminó de disfrutar la última ola de su orgasmo con su cabeza dando vueltas y las luces de la habitación tenues. "Eso fue..." empezó a decir.

"*Ahora* estás lista para que te cojan", dijo.

"¿Qué?" No era posible que él planeara provocarle otro orgasmo. Su cuerpo entero se sentía desgastado. Estaba bastante segura de que iba a tener moretones en su espalda por los golpes contra la pared y la cabecera de la cama. Esta noche ya había resultado ser la noche más intensa de su vida. Seguramente habían acabado ¿cierto?

Levantándola, Orson la giró para que estuviera sobre sus manos y rodillas con su trasero preparado para él. A pesar de que su mente gritaba "no puedo hacer esto", su cuerpo gritaba aún más fuerte, "¡Sí! ¡Sí! ¡Sí!"

Él la tomó por la cintura, sus manos agarraron sus lados de forma que su piel quedaba apretada bajo sus dedos.

Respiró fuertemente cuando él entró repentinamente, penetrándola por atrás en un solo golpe fuerte. Su miembro llenándola hasta el fondo y ella podía sentir su presión en todo el cuerpo.

"¡Orson!" gritó mientras él empujaba dentro de ella fuertemente, sus manos colocadas en sus caderas para empujar y jalar su cuerpo al mismo ritmo que él entraba y salía. Ella se empujó contra él fuertemente, inclinándose hacia adelante para intentar dejarlo entrar más profundo.

"Así es, bebé", él gimió, "toma este gran miembro. Tómalo fuerte".

Casey podía sentir cada centímetro de Orson moviéndose por su cuerpo. La sensación de su piel presionándola la emocionaba. Jadeando, tomó algunas almohadas cercanas y las apiló bajo su cuerpo, cambiando el ángulo para que su pene presionara aún más profundamente.

Ella podía sentir como el orgasmo casi la abrumaba de nuevo.

"Estoy tan cerca ¡Orson!"

Orson dejó salir un gemido mientras entraba y salía profundo en ella, empujando sin misericordia más y más rápido. Dejó salir un rugido, vertiendo sus semillas calientes dentro de ella mientras las paredes de Casey se contrajeron y relajaron alrededor de su grueso miembro. Sus gritos se combinaron con un coro de rugidos que hizo eco por todo el largo pasillo.

Creo que me estoy enamorando de ti, ella quería decir.

"Gran fiesta", Casey dijo respirando rápidamente con una sonrisa.

DOS SEMANAS PASARON en un segundo. Orson deseaba poder simplemente encerrar a Casey en su habitación y hacerle lo que quisiera, pero ella tenía que trabajar. En lugar de esto, se forzó a enfocarse en un nuevo algoritmo prometedor que estaba desarrollando en caso de que sobreviviera después de la siguiente luna llena.

No podía sentir resentimiento hacia los trabajos de banquetes de Casey ya que él le había abierto las puertas de su cocina de tamaño industrial para que la usara. Cocinar para un clan entero siempre había requerido de mucho espacio y ella casi se había desmayado de la emoción cuando le enseñó su horno por primera vez.

Ahora su casa estaba llena de los aromas embriagadores de huevos a la diabla con mostaza picante, panza de cerdo crujiente con vinagreta de tocino ahumado, mariscos sobre sémola con salsa de mantequilla de langosta y atún Ahi frotado con chile y asado con salsa de mango. Cuando preparaba su cerdo desmenuzado a la barbacoa con col, jalapeño y duraznos, tenía que amenazarlo con su cuchillo más grande para evitar que se lo comiera todo antes de lograr llevar la bandeja que se desbordaba hasta la puerta.

Lo único negativo era que los aromas que venían de su cocina eran tan tentadores que varios miembros del clan llegaban desde el bosque para tomar trozos a escondidas. Después de la primera vez en que uno de los hermanos del clan de Orson apareció en su cocina en su forma de oso mientras Casey vestía únicamente una de sus playeras, ella había comenzado a vestirse bien antes de dejar el santuario de su habitación. *Lástima.*

Verla con sus hermanos de clan era una revelación. La forma en que los molestaba y empujaba para hacerse espacio en la cocina era como ver a alguien de su misma especia. Su oso se sentía en paz cuando estaba cerca, de una forma en que nunca se había sentido antes. Ella simplemente *encajaba.*

Y en la habitación, sabía que nunca dejaría de sorprenderlo. Su forma de responder, sus sonidos, la manera en que su piel se sentía bajo sus manos... no podía tener suficiente.

Nunca iba a olvidar la forma en que hasta su oso había estado sorprendido la noche en que ella entró a su habitación completamente desnuda excepto por una de sus corbatas de seda y lo retó a mostrarle ·toda la creatividad de la cual había escuchado tanto".

Tomando más corbatas de su clóset, había atado sus brazos y piernas a los pilares de la cama, asegurando la última alrededor de sus ojos. Sus gritos jadeantes de éxtasis mientras la torturaba con su lengua eran suficientes para hacerlo sonreír en momentos inesperados durante el siguiente día.

Faltaban tres días para la luna llena. En la cocina, Casey tarareaba una melodía para sí misma mientras caramelizaba coles de Bruselas para acompañar el filete cubierto de granos de pimienta que estaba cocinando para la cena. Él estaba agradecido de que la mujer tuviera un defecto: cantaba horrible, pero estaba comenzando a encontrar sus melodías desafinadas tan encantadoras como el resto de ella.

Voy a tener que decirle acerca del reto pronto, él volteó la página del libro de programación que tenía en su regazo dándose cuenta de que no había estado leyendo durante los últimos cinco minutos. Ella era una parte demasiado grande en su vida ahora para ser escondida cuando se llevara a cabo la pelea. De acuerdo con las antiguas tradiciones, las dos parejas de los Alfas debían estar presentes para presenciar el reto. En los viejos tiempos, era para que las parejas pudieran elegir cambiar de bando si eran impresionadas con las habilidades del retador, pero Orson estaba agradecido de que esa parte de la ceremonia había caído en desuso a lo largo de los años.

"¿Orson? Si rompemos ¿me puedo quedar con tu cocina?" la voz de Casey salió desde la cocina. Él sonrió y sintió un resplandor cálido en su pecho. También iba a tener que decirle que la amaba pronto.

Era una de esas cosas humanas que pensaba eran un poco ridículas. Le había dicho que la amaba con cada gesto y acción durante las últimas dos semanas, ¿qué tanto importaban tres palabras?

Pero Cleo le había mandado un mensaje de texto recordándole la tradición humana. "Dile Te amo <3 o tu cocina se cierra". No valía la pena iniciar una batalla de mensajes de texto con Cleo para discutir cuánto más amaba a Casey que a su cocina, debido a que, conociendo a Cleo, guardaría la conversación entera y después se la leería de vuelta como un brindis humillante el día de su boda.

"¿Y a dónde me iré yo si te quedas con mi cocina?" él le respondió.

"Te dejaré quedarte con el ala este", ella salió corriendo de la cocina con una cuchara larga de madera colocada frente a ella. La sostuvo para él. "¿Demasiado dulce?" Él dejó caer el libro de su regazo al inclinarse hacia enfrente para probar. El sabor era perfecto.

"Tal vez un poco agrio, pero la verdad es que no me gustaría de ninguna otra forma". Subió la mirada hasta mirarla a los ojos para que ella no dejara de entender lo que quería decir. Se sonrojó y sonrió, después saltó de regreso a la cocina

Todo lo que él necesitaba descifrar era cómo iba a dar a conocer el reto. Un mensaje de texto molestaría a su padre hasta llevarlo a un ataque de rabia y retarlo por teléfono simplemente se sentía mal.

Tendrá que ser en persona, Orson suspiró. Estaba buscando en los contactos de su teléfono cuando la puerta de entrada fue golpeada y se sostuvo sobre sus bisagras.

La había reforzado tres veces con hierro después de la visita de Cleo y la había probado él mismo. *Esa puerta va a aguantar, maldita sea.* Tenía una sensación desagradable de que sabía exactamente quién estaba del otro lado de la puerta, pero se paró para abrir.

No había caminado ni a la mitad del pasillo cuando el sonido de un vidrio haciéndose pedazos detrás de él lo hizo girar y convertirse en su forma de oso en un pestañeo de ojos.

Casey gritó y él corrió de regreso a la cocina, golpeando contra el piso con sus cuatro patas.

Vio rojo. Su padre se elevó sobre Casey, con sus garras extendidas. Ella sostenía uno de sus cuchillos, viéndose pequeña, valiente y hermosa contra el monstruo amenazante frente a ella.

Orson se movió hacia ellos, cubriendo el espacio intermedio en segundos, empujando a Casey fuera del camino y parándose sobre sus patas traseras de forma que era más alto que Nikolai.

"¡Aléjate de ella!" rugió.

Podía escuchar a Casey moviéndose detrás de él, esperando colocarse en un lugar seguro. Podía oler el aroma a miedo emanando de ella en olas.

"¿*Otra* sucia humana? Tienes una obligación con tu prometida ¡con tu clan!"

"¿Qué?" la voz de Casey sonaba pequeña y muy enojada.

Mierda, sabía que debía decirle sobre el asunto del compromiso antes.

"Tu palabra es tan débil como tu carácter. No eres apto para ser mi heredero. ¡Destruirás al clan con tus actos deshonrosos!"

"Cleo no tiene interés en casarse conmigo, padre", dijo, lo suficientemente fuerte para esperar que sus palabras llegaran a la cocina. "Tú faltas el respeto a su clan y al nuestro al ignorar nuestras decisiones, intentando forzar una alianza marital cuando no es ni querida ni necesaria. Tengo los recursos para mantener a nuestro clan unido y para hacerlo más exitoso de lo que ha sido. Tú eres el que está arriesgando con destruirlo con todas tus opiniones anticuadas".

"Así que piensas que puedes ser un mejor Alfa que yo, ¿no?" Nikolai rugió.

"¡Sí!" *Ahora es cuando.* "Te reto por el derecho a ser el Alfa. Hasta que el primero sangre".

Su padre asintió con la cabeza y los dos bajaron a sus cuatro patas juntos, lentamente. "Que así sea", él gruñó. "Mañana al amanecer, decidiremos el destino de nuestro clan".

El cielo comenzó a iluminarse sobre la línea de árboles y Casey apretó sus ojos para cerrarlos, deseando que el sol no saliera. Orson había sido escueto con los detalles, pero sonaba a que estaba ante un peligro relevante.

Los miembros del clan habían estado entrando toda la noche para marcar un impresionante aro grande en el jardín trasero, entre la casa y el bosque. Habían construido dos plataformas decoradas ornamentalmente que se colocaron en los lados opuestos del aro con sillas estilo tronos para los combatientes. Una serie de cadenas plateadas formaban el círculo exterior, creando una barrera entre la próxima violencia y los espectadores animados.

El asunto entero hacía sentir enferma a Casey.

Además del clan de Orson, grupos de testigos habían llegado, principalmente hombres que se transformaban en osos, todos intentando tener una buena vista del ring. Distinguió lo que probablemente era hombres que se transformaban en lobos o zorros entre la gente, ligeramente más pequeños y más ágiles, haciéndose camino a la parte del frente para ver el espectáculo. El ambiente debería haber sido tenso, expectante. En lugar de esto, las personas que se transformaban en animales estaban disfrutando del espectáculo como si fuera un evento deportivo, hablando emocionadamente y haciendo apuestas. Ella pensó ver a alguien que caminaba entre la multitud vendiendo nueces, pero cerró sus ojos de nuevo antes de poder estar segura.

Casey tembló mientras se inclinaba más cerca al calor

de Orson, esperando a que el sol apareciera. Él ya se había transformado y se erguía sobre todos los presentes, magnífico en su forma salvaje. Ella pasó sus dedos por el suave pelo de Orson sin pensarlo, no sabía si lo hacía para consolarse a ella misma o a él. Escuchó a Cleo explicar las reglas con un temor creciente.

"El Alfa está a cargo de todas las finanzas de su clan, membrecías, todo. Básicamente es el CEO, solo que los accionistas no lo hacen responsable". Cleo suspiró. "Malditos accionistas. Bueno, generalmente está a la cabeza hasta que muere o..." hizo un ademán adornado para señalar a Orson, "algún tonto lo reta a una pelea".

"Esta fue tu idea", Orson refunfuñó. Casey no estaba segura de que le gustara como Orson hablaba en su forma de oso, pero ya había pasado el estar en shock por las personas que se transformaban. Solo esperaba que él le diera más oportunidades para conocer sobre ellos después de esa mañana.

Cleo se rio, el sonido un poco forzado. "Para ser honesta, no estaba segura de que realmente lo hicieras". Se volteó de nuevo hacia Casey. "No deberías preocuparte. No es como en los viejos tiempos. El ganador solía ser el último oso de pie. Pero ya que quedan muy pocos de nosotros, realmente no podemos permitirnos ir matándonos unos a los otros". Sonrió ampliamente, pero la sonrisa no llegó a sus ojos. "Ahora solo es hasta que alguien sangre".

Casey tembló, aferrándose a la piel de Orson. "Eso aún no suena bien".

Orson se paró, iluminado por detrás por los rayos del sol saliente. Se veía tan magnífico que Casey pensó que podría llorar.

"Realmente no lo es", le dijo con su voz de oso especialmente dura y profunda. "Para un tradicionalista como mi padre, estoy apostando porque seguirá jugando con las reglas viejas".

Del otro lado del ring, el oso enorme de Nikolai, cubierto con cicatrices y pedazos de piel se agitó y estiró, bajándose de su pedestal para acercarse al ring.

"¿No podías simplemente mentirle a ella?" Cleo le dijo.

Al mismo tiempo, Casey dijo "¡No!" Jaló a Orson por la piel, esperando de alguna forma alejarlo del peligro del ring. Unas lágrimas cayeron por su mejilla mientras él salía de su alcance y caminaba majestuosamente a la orilla del círculo. Ella hubiera ido a su lado, pero sintió las fuertes manos de Cleo jalarla hacia atrás y mantenerla en su lugar.

Sucedió de repente, sin un preludio o ceremonia. Casey pensaba que para algo tan arraigado en la tradición habría una introducción o palabras de algún tipo de juez. Pero el ring simplemente se llenó de vida con demostraciones de velocidad iguales de cada lado del círculo mientras padre e hijo corrían uno hacia el otro en un lanzamiento de garras, mandíbulas y músculo acompañado de rugidos.

Los dos osos empezaron parados en sus patas traseras, rugiendo y golpeando, casi como boxeadores conociendo a un oponente. Nikolai quedaba unos centímetros más corto que Orson, pero su cuerpo marcado con cicatrices contaba una historia de experiencia y habilidades obtenidas. El cuerpo relativamente sin marcas de Orson contaba una historia opuesta; simplemente no era un peleador.

Las garras en movimiento de Nikolai estaban por todos lados, rascando, golpeando, buscando la piel de Orson. Orson era más rápido que su padre, esquivando y contraatacando con una velocidad cegadora, tomando ventaja del estilo de pelea consistente de Nikolai.

Una repentina muestra de los dientes de Orson provocó una celebración ruidosa entre la multitud mientras mordía fuertemente del cuello de su padre, moviéndolo con todas sus fuerzas. Un rugido escapó de la garganta de Nikolai y golpeó a Orson para alejarlo con una patada de su pata derecha como para romper algo. Sacado de balance, Orson se cayó sobre su espalda y Nikolai corrió hacia él, enterrando sus dientes en uno de los costados de su hijo.

Esto tiene que ser el final, Casey rezó. Se aferró a la mano de Cleo tan fuerte que su piel se volvió blanca.

La piel de los osos era tan gruesa que no podía determinar si Nikolai había logrado sacarle sangre primero a Orson. Los espectadores estaban olfateando el aire en anticipación, pero su decepción le dijo a Casey que la pelea no había terminado.

Orson se esforzó para pararse, su costado seguía atrapado en los colmillos de su padre. En cuanto estuvo parado, giró sobre su espalda, sus garras se clavaron en el hombro de Nikolai. Mientras jalaba a su oponente sobre él, levantó una pata trasera y la enterró en el estómago de Nikolai y lo tiró. El momento de su giro combinado con la fuerza de su patada lanzó a Nikolai volando directo a las cadenas plateadas que marcaban el borde del ring. Cayó con un golpe que resonó. La multitud rugió.

"Nikolai, pelea como un oso", Cleo gritó sobre el ruido. "Nuestro niño, Orson, pelea como un oso que ha tomado clases de judo durante los últimos diez años". Le guiñó el ojo rápidamente a Casey. Casey se encontró sonriendo de vuelta.

Orson corrió con fuerza a través del ring, lanzando sus garras contra el amplio pecho de su aturdido padre, dejando tres marcas rojas atrás. La primera sangre.

Había terminado.

Casey vitoreó con el resto, riéndose mientras lágrimas de alegría caían por su cara.

"¡Lo logró! ¡Lo logró!" gritó, saltando para arriba y para abajo.

Los rugidos cambiaron. Nikolai estaba sobre sus patas traseras, arremetiendo contra su hijo como un tren de carga, con una mirada de asesinato.

"¡Cuidado!" Casey gritó. *No, no, no, no.* En un segundo se imaginó a Orson muerto en el piso, su sangre filtrándose en la tierra fría. En las pocas semanas en que habían estado juntos, él se había convertido en *todo* para ella. Sin él, la vida era un ciclo sin sentido de malas propinas y contratos cancelados. Con él, cada color era más brillante, cada canción tenía más sentido, cada sabor era más vibrante. Si él moría, su mundo regresaría a los tonos grises.

Nikolai lanzó su garra hacia adelante, dejando una marca dentada en el hombro de Orson.

"¡Trampa!" gritó Cleo. "¡Nikolai ha deshonrado las reglas del combate!"

Orson peleó de regreso, pateando con un movimiento poderoso que forzó a Nikolai nuevamente contra las cadenas que rodeaban el ring. Orson se paró en sus patas traseras y rugió, el sonido tan fuerte que vibró entre la gente e hizo vibrar los vidrios de la casa detrás de ellos. Cada centímetro de Orson era poder y gracia, el Alfa definitivo.

Y eso es lo que Nikolai no puede soportar, Casey se dio cuenta. Nikolai estaba determinado a morir en las manos del nuevo Alfa, protegiendo su tradición aunque significara devastar a su hijo para siempre.

Tengo que detener esto, Casey hizo puños con sus manos. *Soy la pareja de un Alfa, yo puedo hacerlo. Piensa como la cabeza de este clan.*

Casey cruzó la mirada con Cleo y comenzó a cantar, "Des-honor, des-honor, des-honor", en un latido lento. La boca de Cleo se levantó en un intento de sonrisa mientras se unió al canto, su rugido haciendo eco por todo el campo.

El resto de los espectadores se unieron al canto, gritando, "Des-honor, des-honor, des-honor", en unión.

Orson parecía crecer aún más bajo el peso del apoyo de la multitud, sus golpes volviéndose más fuertes. Nikolai se encogió mientras se dio cuenta de lo que estaba pasando. Aún si hubiera muerto ahora, ya había perdido. Casey había convertido su noble sacrificio en pena.

Ella pudo ver el segundo en el que él se dio cuenta de que su legado nunca sería respetado si no se echaba para atrás ahora. Nikolai se agachó, su cabeza inclinada hacia abajo en sumisión.

La gente gritó emocionada, pero Casey ya estaba corriendo al lado de Orson. Los espectadores se hicieron de lado mientras ella corrió hacia él y envolvió sus brazos alrededor de su enorme cuello de oso.

"Ganaste", respiró sobre su piel.

Él lamió la barbilla de Casey con su lengua larga y diestra, y una risa salió de los labios de Casey. "Ganamos".

El olor de tomates verdes fritos con sémola de cebolla caramelizada flotó a través de los muchos corredores, llenando su casa con un aroma irresistible. Casey no podía creer lo increíble que se había vuelto su vida. La palabra de sus habilidades culinarias había circulado entre los diferentes clanes de personas que se transformaban en animales y ahora estaba más ocupada que nunca, haciendo banquetes para tantos eventos que ya estaba creando un plan de negocios para expandirse.

El clan de Orson la había aceptado por completo como

la pareja de su Alfa y toda la experiencia era cómo volverse parte de una gran y hambrienta familia. Miró hacia afuera de la ventana de la cocina, al bosque alrededor de la casa y sonrió. Hoy *es un buen día*.

"¿Justo ahora?" la voz de Cleo se escuchó desde el pasillo. Casey sintió su sonrisa crecer. Entre más tiempo pasaba con el clan, más se convertía Cleo en una de sus personas favoritas. "No. Mierda, no, no voy a ir. Quiero estar aquí para esto". Casey podía escuchar el golpeteo de los tacones de Cleo siguiendo a Orson al entrar en la cocina.

"¡Hola, Cleo!" Casey le dio un abrazo rápido. "¿Qué van a hacer hoy chicos? ¿Ganar otros mil millones de dólares?"

Cleo le sonrió ligeramente y se recargó contra la barra de la cocina. "Algo más como dos mil millones; de hecho tengo el desglose justo aquí..." Orson se estiró y tomó el celular de su mano antes de que Cleo pudiera abrir los detalles. "Bueno, bueno", ella dijo arrebatando el teléfono de vuelta mostrando sus dientes un poco.

"Cleo ya se iba", Orson gruñó.

Cleo miró entre él y Casey. "Solo no vuelvas a procrastinar, o vendré aquí y te robaré a Casey".

"No te preocupes, no soy fácil de robar", Casey dijo enroscando su brazo alrededor de la cintura de Orson y recargando su cabeza contra su hombre. El brazo de Orson se envolvió alrededor de sus hombres de forma posesiva.

Cleo le lanzó un beso a Casey. "No estoy preocupada. Solo te compraría un restaurante". Su risa triunfal la siguió mientras caminaba pavoneándose a través de la puerta.

Orson volteó a ver a Casey, su expresión ligeramente preocupada. "¿Eso funcionaría?"

Casey se rio. "La manera fácil de hacerla perder sería que *tú* me compraras un restaurante, ¿sabes?"

Orson jaló a Casey hacia él, besándola gentilmente.

"Hace no mucho tiempo estaba en ese jardín, peleando para ser Alfa. No podía vivir con las elecciones que mi padre había hecho por mí. Reté a mi padre por mi libertad". Se hincó en el piso de losetas, descansando sobre una rodilla. "Pero cuando escuché tu voz en el ring y supe que podías estar en peligro, me di cuenta de que estaba luchando por más que eso. Estaba luchando por amor. Por... ti".

Casey podía sentir como su corazón latía en sus orejas y un nudo se formaba en su garganta.

"¿Te casarías conmigo?" Él sacó una pequeña caja revelando un anillo verdaderamente enorme.

Fuegos artificiales explotaron bajo la piel de Casey y su mente se quedó en blanco. No podía recordar cómo moverse, pero se encontró en el piso de la cocina junto a él, la ropa de Orson medio arrancada de su cuerpo y sus pechos desnudos frotándose contra el pecho de Orson.

Lo montó, sintiendo su dura erección presionada contra su centro. Movió a un lado su ropa interior y bajó el cierre de Orson para que su miembro saliera hacia adelante a través de la apertura de su ropa interior. Presionándose sobre su miembro, lo sintió completo estirar su entrada mientras ella grito, "¡Sí! ¡Oh Dios, sí!"

LAS PAREJAS DE LOS ALFA

ile a esas perras que estoy harta de su mierda de hippies!" Cleo escupió en su teléfono celular mientras sus zapatos marca Louboutin marcaron el paso sobre el cemento del estacionamiento. Ajustó su falda de lápiz sobre sus caderas y buscó en su bolsa rosa Louis Vuitton las llaves de su auto, apretando su celular entre su hombro y su cara. "Soy la maldita CEO. ¿Realmente necesito lidiar *personalmente* con cada detalle?"

Dejó caer su bolsa sobre el cofre de su auto y siguió buscando las llaves mientras la voz nerviosa de su asistente, Brad, explicó de una forma muy indirecta cómo lidiar con un aquelarre de brujas despreciadas lo asustaba hasta casi darle un ataque cardíaco.

Ella suspiró. *¿Quién iba a saber que construir un hotel completamente hecho de hielo iba a ser la parte* fácil?

El aquelarre Brillo Lunar estaba furioso de que Cleo hubiera organizado la asistencia mágica para evitar que el hotel de hielo se derritiera en el calor. El correo de odio (*era correo real de papel*), Cleo pensó con desagrado, había estado entrando volando por las ventanas todo el día. Aparentemente la magia era demasiado "sagrada" para ser utilizada a fin de obtener ganancias comerciales, pero no *demasiado* sagrada para ser utilizada para atacar a ejecutivos con cartas.

Cleo supuso que el aquelarre estaba detrás de un mejor trato. Lo que todo el mundo quería era dinero, después de todo. Haber entendido ese instinto era lo que la había llevado a ser multimillonaria antes de cumplir los 35.

"Diles que entendemos que hemos convertido a su competencia en mujeres muy ricas, pero que les ofrecimos este trato a ellas *primero*. Si fueran tan amables de detener sus protestas y amenazas, estoy segura de que hay espacio para que trabajemos juntos en algún proyecto de negocios a *futuro*".

Cleo agarró de manera triunfal sus llaves, escondidas bajo su escondite secreto de galletas Oreo. Justo cuando tocó la puerta de su auto, un destello brillante de luz blanca la cegó y un zumbido melódico la rodeó por todos lados. El sonido incrementó a un nivel culminante mientras el piso se movió bajo sus delgados tacones. Cleo cayó al piso.

"¡Malditas brujas!" ella gritó a nadie en particular, aún cegada e intentando sentir su camino de regreso a la seguridad de su auto mientras sus ojos lastimados intentaban enfocar.

Cleo se quedó congelada. No estaba tocando el cemento desagradable del estacionamiento. Sus dedos estaban peinando pasto, tocando tierra.

¿Qué mierda del demonio? Frotó sus ojos, lentamente recuperando su visión.

Estaba en la nada.

Cleo miró a su alrededor la expansión de naturaleza ininterrumpida que se extendía en todas direcciones y supo, lógicamente, que debía estar *en algún lugar*. Simplemente era un lugar en donde no le interesaba estar. Y definitivamente no estaba ni cerca de su auto. Respiró profundamente para calmarse y sonrió amargamente viendo su celular, que seguía atrapado en su mano, mentalmente haciendo una lista de las razones por las cuales el aquelarre no debía haberse metido con ella.

¿Multimillonaria? Listo. ¿Alfa de un clan poderoso de personas que se transformaban en osos? Listo. ¿CEO corporativa con conexiones que podían causarle celos al presidente? Muy listo.

Puedo lidiar con esto.

Cleo se paró y sus tacones se hundieron profundamente

en el pasto. Volteó los ojos y comenzó a marcarle a Brad, pegándole con enojo a los números de la pantalla de su celular.

El dispositivo vibró en su mano, dándole una respuesta chillante. *Fantástico.* Trató de abrir la aplicación de mapa en su teléfono, pero la pantalla se hizo borrosa y le lanzó chispas verdes brillantes.

"¡Embrujaron mi teléfono!" Cleo rugió al campo vacío que la rodeaba. Esto no era lindo. Esto no era gracioso. Era una declaración de guerra. Y Cleo no podía pagar la compra de tanques. Su oso interno rugió.

Esas perras iban a pagar.

Se quitó los tacones, lanzándolos dentro de su bolsa. Viendo a su alrededor (lo único bueno era que en un territorio tan plano, podía ver a cualquiera que se acercara), Cleo se quitó su falda y ropa interior, su blusa y brasier, doblando cada artículo cuidadosamente y guardándolo. El viento contra su piel desnuda se sentía agradable. Había pasado mucho tiempo desde la última vez que había estado completamente expuesta en el exterior y no se había dado cuenta de cuánto lo había extrañado. Su cabello largo, de un nuevo color rubio, se movió detrás de ella como un estandarte.

Asegurándose de que su ropa y su celular estuvieran guardados de forma segura en su bolsa, sacó dos elásticos, sujetándolos ajustadamente a la bolsa y alrededor de sus omóplatos, como una mochila. Las correas arruinaban la imagen de diseñador de la bolsa, pero evidentemente eran mejor que dañar la piel al cargar la bolsa entera en su boca.

Su oso interno se extendió y exhaló fuertemente. Sintió cómo cambiaba, creciendo en tamaño y fuerza mientras su oso interno salía de su forma humana. Un pelaje negro y suave la cubrió de pies a cabeza y una ligera sensación de picazón la llenó mientras sus huesos se reorganizaron bajo su piel. Sus orejas se deslizaron, saliendo de su cráneo, descansando en la parte superior de su cabeza mientras crecían y se redondeaban. Al completarse la transformación, su centro de gravedad cambió y cayó en cuatro patas.

Tal vez algo bueno pueda salir de todo esto, después de todo, Cleo suspiró.

Ser transportada mágicamente a la mitad de la nada era molesto, pero dejar que su oso tomara el control era más relajante que la masajista de la compañía. Estar en su forma de oso se sentía *bien.* Las largas horas que había pasado revisando una y otra vez los detalles del trato del hotel de hielo la habían dejado prácticamente sin tiempo para dejar a su oso ser libre. No se había dado cuenta de cuánta ansiedad había estado sintiendo.

Corrió a través del pasto plano, disfrutando de la fricción gentil de las hojas altas contra su pelaje. El sol se sentía cálido sobre su espalda y el piso de roca sedimentaria cedía de forma placentera bajo sus patas. Cientos de aromas diferentes acariciaban su nariz y llamaban a su oso a perseguir nuevas aventuras desde todas direcciones.

¿Cuándo fue la última vez que hice algo espontáneo?

Una voz interna demasiado responsable le dijo a su oso que necesitaba calmarse, arreglar su teléfono, regresar a la civilización y vengarse de las brujas que la habían exiliado. Pero se sentía tan bien *dejarse ir* por un momento y no hacer nada más que perderse en la velocidad y fuerza de su cuerpo.

Sin nadie alrededor, no tenía que preocuparse por que el mercado de valores bajara por una palabra mal dicha. No tenía que preocuparse por lo que los accionistas dirían si la vieran en su estado natural, como un oso negro con una bolsa Louis Vuitton amarrada a su espalda. En esta forma, no respondía a nadie y podía lidiar con cualquier cosa.

Bueno, tal vez no con cualquier cosa. El olor de algo desconocido vino del este. Definitivamente era animal, tal vez más de uno, y viejo. Muy viejo. Y fuerte.

Lo más inteligente sería dirigirse al oeste, lejos del olor misterioso, e intentar buscar ayuda. *¿A quién estoy engañando?*

Cleo comenzó a correr tranquilamente hacia el este, su mochila golpeaba contra su espalda.

"Algo está asustando a los centauros", Titus volteó para decirle a Connor, pero su mejor amigo ya estaba corriendo hacia lo que fuera que venía hacia ellos. "Maldita sea, no otra vez", Titus dijo y corrió detrás de él.

Titus corrió a través del alto pasto, saltó sobre un montón brillante de mierda de unicornio color arcoíris y evitó por poco estamparse con el trasero de un grifo que estaba masticando un arbusto de rosas. Un pegaso grande y azul se movía sobre su cabeza, advirtiendo de forma agitada que algo se acercaba.

"¡Connor!" Titus lo llamó. *¿Algún día aprenderá?* Desde que eran niños, Connor nunca se detenía a *pensar* antes de actuar. Cuando Connor veía algo que le interesaba, simplemente se aventaba, confiando en que cualquier monstruo que encontrara sería amigable. Era la misma tendencia la que había unido a Connor y Titus cuando eran niños, pero el menosprecio de Connor por el peligro aún le causaba pesadillas a Titus. Él podía imaginar fácilmente a Connor sobre las aguas obscuras del lago ofreciendo galletas al monstruo del mar, esperando, sin dudar que el carnívoro voraz viera su cuerpo musculoso como "amigo" en lugar de "comida".

Connor argumentó que cada ocasión en que su instinto los llevaba a encontrar a otra alma perdida para el rancho importaba más que la totalidad de las ocasiones. Titus había tenido que sacar a Connor del camino de algo que escupía fuego.

Titus no estaba de acuerdo

Finalmente alcanzó a Connor cerca del corral de centauros en la parte trasera del rancho. Sin ver a su alrededor, Connor levantó una mano en saludo. Connor nunca necesitaba verlo para saber que Titus estaba ahí. Él era así. Apuntó hacia el puente que llevaba a la orilla del bosque que marcaba la frontera de su valle escondido.

"¿Puedes ver eso?" Connor susurró.

La mirada de Titus siguió la dirección del dedo de Connor y lo vio: un oso negro cargando una pequeña mochila rosa que se dirigía hacia ellos.

¿Qué demonios?

Desde que la familia de Connor había adoptado a Titus cuando él tenía seis años, Titus había visto muchas cosas extrañas. Casi se había acostumbrado a las esfinges que inventaban dios sabía qué en sus cuevas en el recinto superior del rancho. Y claro, el monstruo de muchos tentáculos del lago se había vuelto familia, sin embargo, merecedor de una distancia respetuosa. Pero esto era algo nuevo.

"¿Qué estoy viendo?" Titus le preguntó a Connor.

"Mi amigo, esa es la mujer más hermosa que he visto en mi vida", Connor suspiró.

Titus miró al oso otra vez. Era un oso. Un oso con una mochila, pero un oso aún así. Se veía como un acto de circo que se había escapado.

"¿Hablas en serio?"

Connor finalmente volteó para verlo, sus ojos violeta brillante mostraron su irritación. "¿Quién de nosotros tiene una visión mágica de brujo? Yo. Soy yo. Y *eso,* mi amigo dragónico, es una mujer extremadamente guapa".

Titus encogió sus hombros y después asintió con la cabeza. Intentaba olvidar el linaje mágico de Connor la mayoría de los días. Desde que Titus había tenido hipo y había lanzado una llama de dragón sobre la ropa recién lavada de la bruja equivocada cuando tenía seis años, había estado maldito. Sin importar qué tanto se concentrara, no podía transformarse en su forma de dragón. Sus padres y su clan no habían reaccionado bien a su maldición; lo habían exiliado inmediatamente, proclamando que sólo podría regresar cuando recuperara su habilidad para transformarse. Si Connor no lo hubiera encontrado o no hubiera reconocido la verdadera forma bajo su piel, Titus no estaba seguro de que hubiera sobrevivido por sí mismo. Era una deuda que nunca podría saldar, sin importar cuántas veces pudiera usar su fuerza sobrenatural para sacar a Connor de las muchas situaciones peligrosas hacia las que su amigo corría sin pensar.

"Entonces, ¿qué piensas?" Titus dijo. "¿Qué hace una mujer oso en este lugar tan lejano?"

Connor encogió los hombros. "Mientras no esté aquí para recolectar cualquier de esas cuentas por pagar, será bienvenida a quedarse. Porque, *en serio,* me está costando trabajo dejar de verla". Hizo un gesto para señalar al oso pero sus manos se cerraron en unos puños redondos.

"¿Por qué te estoy recordando a *ti* sobre el comportamiento propio de los humanos? Deja de verla así", dijo Titus, golpeando con la palma a Connor en el hombro. Mientras hablaba, el oso aumentó su ritmo, corriendo hacia ellos a una velocidad sorprendente. Titus intercambió una mirada silenciosa con Connor. *Quédate quieto.*

Por una vez, Connor pareció escucharlo y casualmente separó sus pies para mejorar su estabilidad, centrando su equilibrio en caso de que la mujer oso se pusiera agresiva. Titus no quería lastimarla pero pelearía hasta la muerte para asegurarse de que Connor no saliera lastimado.

"¿Tienen recepción aquí?" La voz que salió de la quijada del oso era femenina, ronca y parecía muy molesta. "Necesito utilizar su teléfono".

Titus la miró fijamente. Aunque sabía que el oso era una mujer que se transformaba, escuchar una voz humana que venía de su hocico simplemente era *extraño.*

Claro, Connor simplemente se rió, "Claro, señorita. Simplemente síguenos. Se está cargando".

El oso (*mujer, debería pensar en ella como mujer,* Titus se recordó) miró alrededor del rancho mientras seguía a Connor hacia la casa. Probablemente era su imaginación, pero parecía estarlos viendo a él y a Connor tanto como veía a los centauros, unicornios, pegasos y grifos que pastaban casualmente alrededor de los establos.

La forma en que se fijaba realmente no era sorprendente. Connor no se había vestido para esperar compañía y estaba usando una vieja camisa de cuadros que era más hoyos que camisa. Además la había desabrochado casualmente, en su mayoría, cuando había visto al oso subir por la colina. Sus abdominales de tabla para lavar y sus pectorales bien definidos estaban a la vista y Titus había escuchado a más de una mujer suspirar por el hecho de que el pelo rubio y despeinado de Connor siempre lograba verse perfecto, como si el viento hubiera pasado por él.

Por supuesto, suspiraban por la imagen obscura y descuidada de Titus tan seguido como por Connor.

Tal vez debí haber desabotonado mi camisa también, Titus pensó, y después sacó la idea de su cabeza. Ella solo estaba de paso, no importaba lo que pensara de él.

"¿Cómo te llamas?" Titus preguntó.

"Cleo. ¿Y ustedes amigos?" Los ojos negros de Cleo se movieron para echarle una buena mirada a los dos.

"Yo soy Connor, él es Titus. Pero puedes llamarnos como quieras", dijo Connor. Su estilo de coqueteo estaba basado principalmente en malos programas de televisión.

Necesitamos salir más, Titus suspiró.

Cleo no se molestó en responder, lo cual hizo que a Titus le gustara un poco más.

"¿Qué es este lugar?" preguntó cambiando de tema. "¿Es un tipo de zoológico privado?"

"¡No!" Titus dijo. "Eso es barbárico. Este es un *santuario*".

"Las criaturas mágicas vienen aquí cuando sienten dolor o no se sienten a salvo", Connor dijo, viendo a Titus con una mirada que decía claramente, *¿ahora quién necesita recordatorios sobre el comportamiento humano apropiado?* "Y cuando se sienten listos para irse, se van. Otros se quedan".

"¿Quién querría quedarse en la esquina de NA y DA? No quiero ofenderlos, estoy segura de que es hermoso para ti y tus... criaturas. Pero tengo una gran negociación que tengo que terminar, una compañía que administrar y un clan que supervisar". Ella gruñó algo más que sonó como una grosería bastante creativa, pero aún con audición sobrenatural, Titus no estaba seguro de haberla escuchado correctamente.

Cuando llegaron a la casa, Connor abrió la puerta, casi siendo tirado al piso por Daisy, un cancerbero, de casi metro y medio de músculo en crecimiento y gruñidos amenazantes con sus tres cabezas.

"No pasa nada, chica, esta es Cleo, realmente no es un

oso", Connor dijo, usando la voz grave y calmada que usaba con los animales.

Daisy no estaba escuchándolo. Los tres pares de labios se hicieron hacia atrás, pelando los dientes, su pelaje se levantó amenazante hacia el oso que estaba a punto de entrar a su dominio. Titus se paró entre Daisy y Cleo, atrayendo la atención de la cabeza del lado derecho. En cuanto esa cabeza lo reconoció, se calmó y se inclinó, dejando solo a dos cabezas gruñendo.

Connor hizo lo mismo, parándose frente a Cleo, de su lado izquierdo para calmar a la cabeza de la izquierda, que se inclinó lentamente.

"Sé sumisa", Connor le murmuró a Cleo.

"A la mierda", Cleo rugió, levantándose sobre sus patas traseras y rugiendo lo suficientemente fuerte como para hacer vibras las ventanas de la casa. Parada sobre sus patas traseras, su cabeza tocaba la parte superior del marco de la puerta que ya de por sí era más grande que lo habitual y se levantaba muy por encima de Daisy, por casi un metro.

"Ah, mierda", Titus murmuró.

Llamo la atención de las tres cabezas de Daisy, todas volteando rápidamente, listas para destrozar a Cleo en pedazos.

"Daisy..." Connor comenzó a decir, pero era demasiado tarde.

Daisy comenzó a gruñir, la perra ya masiva se expandió al doble de su tamaño, después al triple, volteando la mesa de la cocina y su cola que se movía agresivamente tiró macetas y platos de las mesadas.

Connor y Titus voltearon a verse. Cuando Daisy se enojaba así, ninguno de los dos podía calmarla. Cleo tenía que hacerse ver menos amenazadora. Ahora.

Cleo también estaba viendo a la cancerbero enorme, sus ojos abriéndose.

"Eso es diferente", dijo su voz más callada.

"Necesitas transformarte. En cuanto seas humana, no te verá como una amenaza", Titus dijo.

"Realmente preferiría mantener mis garras en este momento", Cleo dijo a través de dientes apretados, caminando hacia atrás, alejándose del cancerbero.

Daisy rugió y las ventanas frontales vibraron. Bajó su cabeza central, mostrando que estaba a punto de atacar.

"Hazlo ahora", Connor dijo. "Confía en nosotros o muere".

Por un segundo en el que no pudo respirar, Titus no estaba seguro sobre si Cleo iba a escuchar a Connor. Entonces, el pelaje en su espalda se escondió y se encogió, su cuerpo volviéndose más pequeño y delgado mientras su forma de oso se derretía, dejando a una hermosa mujer desnuda usando una mochila rosa. Una masa de cabello rubio cayó como cascada sobre su espalda. Titus miró hacia otro lado rápidamente, pero no antes de mirar las pequeñas puntas de sus pechos y su trasero perfectamente redondo. Su dragón interior se enroscó en apreciación, retorciéndose bajo su piel.

Titus rápidamente se quitó su camisa y se la dio, manteniendo un ojo en Daisy. Su dragón nunca había reaccionado tan rápido a una mujer y esto lo enfurecía. El cancerbero también estaba visualmente sorprendido por el inesperado giro en la situación y ya se estaba reduciendo a su tamaño normal de pequeño caballo en lugar del tamaño de una pequeña casa. Titus exhaló aliviado y escuchó un eco de su suspiro por parte de Connor un segundo después.

Cleo le arrebató a Titus su camisa y él la pudo ver ponerla sobre su cuerpo de reojo. Su camisa la cubría hasta la mitad de sus muslos pero la tela era tan delgada que podía ver un trazo de sus areolas a través de la camisa. *Sé un caballero, sé un caballero, sé un caballero,* se dijo a sí mismo. No ayudaba que Connor la estuviera viendo fijamente.

Una vez que Daisy regresó a su tamaño normal, Titus se atrevió a acercarse hasta que bloqueó la visión de Daisy de Cleo. Una vez que ya no podía ver a la mujer, todas sus cabezas se calmaron y le permitió a Titus acariciar su cabeza. Hasta se restregó contra sus dedos cuando él rascó su lugar favorito detrás de las orejas de su cabeza central.

"Buena chica. ¿Quién es una buena chica?" Titus le habló como si fuera un bebé. Miró sobre su hombro para ver a Cleo que lo estaba viendo como si *él* tuviera tres cabezas.

"Solo para que sepas", dijo Cleo, sus manos sobre sus caderas, "Odio este maldito lugar. ¿En dónde está el maldito teléfono?"

Bueno, esto apesta. Connor pensó. Cuando había visto por primera vez a Cleo saliendo del bosque, había fantaseado que tal vez era la indicada. Había algo en ella tan fuerte y confidente que lo hacía pensar que tal vez sería una buena pareja para él, para Titus y para el rancho.

Ese sueño se había destrozado muy rápido.

Cleo parecía desesperada con dejarlos atrás tan pronto como fuera físicamente posible. Sin embargo, "físicamente posible" estaba siendo un pequeño problema. En cuanto tocó cualquiera de sus celulares o hasta el teléfono fijo lanzaron chispas verdes y tuvieron un corto. Para agregar sal a la herida, regresaban a la vida en el segundo en que dejaba de tocarlos. Con una carga completa.

Connor y Titus intentaron marcar teléfonos por ella, pero una estática cubría su voz en cuanto trataba de hablar. Casi había lanzado el celular de Connor contra la pared después del tercer intento y solo los reflejos sobrenaturales de Titus para atraparlo en la mitad del aire habían salvado al teléfono de acabar siendo pedacitos de plástico.

Después, intentaron llevarla en auto al pueblo. No lo lograron. En el momento en que se acercaba a su camión, hacía un cortocircuito. El camión funcionaba perfectamente para Titus y Connor, pero en cuanto Cleo se acercaba, se detenía y se apagaba.

"Es bastante inteligente, si lo piensas", Connor les dijo a Titus y Cleo después del último intento frustrante de meter a Cleo en el camión en movimiento antes de que este se apagara. "Las brujas son mucho más inteligentes de lo que había pensado".

Las miradas que Titus y Cleo le lanzaron lo podían haber lastimado. Connor se paró un poco más derecho.

"Solo porque ustedes dos están justificablemente molestos con ciertas brujas no significa que este aquelarre no haya sido lo suficientemente inteligente en su forma de quitar a Cleo de su camino. Definitivamente está fuera de su camino", Connor señaló.

Titus solo negó con su cabeza, sus cejas arrugadas. Connor sabía que Titus nunca alabaría un aquelarre, sin importar lo bien que hicieran las cosas, después de que una bruja había arruinado su vida. Connor llevaba toda una vida con el hombre como para ver todo el daño que podía causar una bruja.

"Mira", Titus le dijo a Cleo, evitando mirar a Connor y ofreciéndole a Cleo su mano. "¿Apuesto a que probablemente tienes una secretaria o un asistente? Dame su número y descifraré un plan para hacer que llegues a casa sin electrónicos".

La mano de Cleo se aferró convulsivamente alrededor del teléfono muerto en su mano, pero después lo entregó a regañadientes.

Connor se dio cuenta, con una pequeña burbuja de esperanza en su pecho, de que los dedos de Cleo se quedaron un par de segundos sobre la palma de Titus al entregarle el teléfono. *Si ella pudiera empezar a odiar este lugar un poco menos, entonces tal vez...*

Se detuvo antes de hacer crecer su ilusión. Connor siempre tenía una buena intuición sobre las personas, casi tan buena como los instintos de hombre dragón de Titus. Sospechaba que Cleo era alguien muy especial. Si solo pudiera darse cuenta de lo hermoso que encajaría con ellos, tal vez querría quedarse.

Titus se alejó lo suficiente, caminando, para asegurarse de que la cercanía de Cleo no interferiría con la recepción del celular.

Connor volteó a ver a Cleo. Estaba vestida con un par de sus jeans, apretados fuertemente en la cintura, y una de las camisas de botones no tan delgadas de Titus, las orillas de abajo estaban atadas de cerca, alrededor de su cintura, para que no se levantara tanto. Ella se veía como una vaquera prostituta y Connor no podía detener a sus ojos de mirar fijamente el trazo de piel de su torso que se veía entre donde terminaba la camisa y la orilla de los jeans.

"Entonces, eh, mientras estamos esperando. ¿Quieres que te muestre la propiedad?" Connor dijo. Titus estaría orgulloso de sus palabras diplomáticas. Lo que *casi* había dicho era "Oye, si te enseño a uno de los fénix cogiendo, ¿crees que te inspirarán a cogernos a Titus y a mí?" Tal vez Connor realmente estaba aprendiendo a controlar su lengua. Por supuesto, entre más tiempo pasaba alrededor de Cleo, más usos creativos sobre el uso de su lengua llegaban a su mente.

Cleo lo vio, su mirada viajaba de sus gruesas botas de vaquero, subiendo por sus jeans apretados y quedándose un segundo sobre su pecho desnudo. *Sip, desabrochar esa camisa es la mejor idea que he tenido en todo el día.* Él sentía calor bajo los ojos de Cleo, cada sentido agudizado en su presencia.

Tócame, quería decir, pero se detuvo.

Era demasiado pronto para hacer algo, pero mientras los ojos de Cleo subieron hasta su cara, no pudo evitar lamer sus labios. La boca provocativa de Cleo era una curva perfectamente irresistible para besar. Era demasiado fácil imaginar sus labios rellenos alrededor de su miembro. Sintió una gota de sudor caer por su frente con el esfuerzo de calmarse. Si ella veía hacia abajo, vería lo que empezaba a ser una erección que se formaba en sus pantalones.

"Sí, entonces, ¿un paseo?" Él empezó a caminar. "Te ayudará a mantener tu mente... ocupada". Él no estaba seguro sobre lo que haría si ella no lo seguía, pero en ese momento solo necesitaba un poco de distancia física. *Limpiar los establos, levantar paja, convencer a las esfinges de no construir robots de inteligencia artificial para su cueva.* Su erección finalmente bajó. Malditas esfinges. De todas las criaturas que esperaba que eventualmente encontraran sus hogares y se fueran, ellas nunca lo hacían, solo se multiplicaban y se enterraban más profundamente dentro de la montaña.

El sol de la tarde se notaba cálido sobre su pecho y sintió como se liberó un poco de su tensión. A Connor le encantaba estar afuera, en la tierra, sintiendo el colchón de tierra y pasto bajo sus botas. Las colinas de pasto del rancho se veían especialmente hermosas hoy con Cleo a su lado. Las rocas grises azuladas de la montaña al final del valle se veían particularmente majestuosas y el verde obscuro de los bosques en la base de las montañas negras parecía más frondoso y misterioso.

Pasó sobre una pila de excremento de unicornio e hizo una nota mental de programar tiempo al día siguiente para limpiar un poco los alrededores. Tenía el presentimiento de que el trabajo iba a parecer mucho más pesado una vez que Cleo se fuera.

"Este lugar fue un poco abrumador para un oso con todos los olores y depredadores desconocidos", Cleo dijo, "pero ahora, es como..."

"Como..." Connor la impulsó a seguir. *Por favor quiérenos, por favor quiérenos...*

"No sé, es increíble. Ni siquiera sabía que los pegasos y los grifos fueran reales". Agitó una mano, disfrutando la vista de un par de unicornios brincando afuera del corral de los centauros. "¿Esos son centauros de verdad? Maldición". Estaba apresurándose hacia el corral de los centauros antes de que Connor pudiera detenerla.

"¡Espera!" le gritó, de repente sintiendo una nueva empatía por todas las veces en que Titus había corrido detrás de él gritando la misma palabra.

Ella se detuvo a unos metros del corral de centauros. "¿Qué? ¿Son peligrosos?" Uno de los unicornios que caminaba libremente se acercó a Cleo y ella pasó sus dedos por su pelaje plateado, su cara radiante y maravillada. Connor deseó que hubiera una forma de capturar la belleza perfecta de la mujer y el unicornio viéndose uno al otro en el sol brillante.

"No son peligrosos, solo son..."

No tuvo oportunidad de terminar antes de que la

manada de centauros corriera hacia la barda, pegando contra el piso, intentando llegar a Cleo.

"¡Hola!" dijo el primero. Era un gran semental, su cabeza y su pecho humanos de un ligero tono bronceado, alrededor de dos metros y medio sobre el piso. Su mitad de caballo, mostraba una erección realmente impresionante, estaba muy musculoso y era de un color dorado nuez.

"Hola", dijo Cleo cuidadosamente con una mano aún acariciando al unicornio como si no pudiera detenerse. Volteó para ver al centauro, su sonrisa era tan brillante que Connor estaba sorprendido de que los animales no se asustaran por el brillo.

"No los alientes", Connor dijo, pero era demasiado tarde. En cuanto contestó, todos los demás centauros comenzaron a hablar al mismo tiempo, sus voces unas sobre otras con un entusiasmo contagioso.

"¡Oh por los santos dioses! ¡Hola! ¡Hola! ¡Hola! ¿Ya viste el pasto? ¡Está muy hermoso hoy!"

"¡El pasto! ¡Lo estaba comiendo y luego vi una mariposa y me tropecé con algo! ¡El sol también es muy hermoso! ¡Tú eres hermosa!"

"Yo no vi una mariposa, ¿dónde está la mariposa?"

"Cuando veo al sol mis ojos parecen quemarse. ¿Por qué no quiere ser mi amigo el sol?"

"¡Mariposa! ¿Dónde? ¿Dónde? ¿Dónde? ¡Hola! ¡Hola! ¿Tú quién eres?"

Cleo miró a los centauros y luego otra vez a Connor.

"Pensé que se suponía que los centauros eran inteligentes".

Connor la tomó de la mano y gentilmente, pasó el brazo de Cleo por el suyo, llevándola lejos de los gritos emocionados de los centauros.

"Tal vez en muchas partes diferentes del mundo, pero

estos tontos son los únicos que tenemos aquí", Connor se encogió de hombros, disfrutando la sensación de la mano de Cleo en su brazo. También se dio cuenta de que ella no se la estaba quitando. Si estaba haciendo algo, era recargarse hacia él para que su costado rozara el cuerpo de Connor mientras caminaban. "Los centauros tienen buen corazón, pero también tienden a ser tan molestos y torpes que los mantenemos en un corral durante el día". Hizo una pausa lo suficientemente larga para que Cleo volteara a ver su cara, cerrando ligeramente los ojos por el sol, inclinándose más cerca. Él tragó saliva. Los ojos de Cleo brillaron. Él no pensaba que los ojos realmente hicieran eso. "Es por su seguridad y por nuestra sanidad", terminó rápidamente.

Cleo miró sobre su hombro a los centauros mientras su mano, sin pensarlo, acariciaba el brazo de Connor. Él podía sentir el calor de Cleo como un pequeño sol quemando su piel. La mirada de Cleo se quedó sobre los centauros. Aún estaban gritando invitaciones para que viera las mariposas.

"Sí, puedo ver eso", ella dijo.

Connor no podía ni recordar de qué estaban hablando. ¿Centauros? ¿Su mano? Su mano acariciándolo. El sintió que Titus venía caminando atrás de ellos, un tipo de zumbido en la parte de atrás de su mente le indicó la presencia del dragón. Por un momento, la idea de Titus entró en la fantasía que se estaba creando en la cabeza de Connor, de Cleo acariciándolo suavemente mientras Titus entraba fuertemente en ella y...

"Cleo, tengo buenas y malas noticias", Titus dijo.

Ay.

El agarre de Cleo sobre el brazo de Connor era la única señal de estrés en una postura que, fuera de eso, estaba controlada y en calma.

"Las buenas noticias, vamos a lograr llevarte a casa.

Encontramos un camión de diesel de la década de los setenta que no usa ningún electrónico. Debería estar en condiciones lo suficientemente buenas como para aguantar el camino hacia allá".

"¿Y las malas noticias?" dijo Cleo.

"Las malas noticias", Titus descansó sus manos sobre sus caderas, cambiando su peso. "Está a unos estados de distancia y va a tomar alrededor de tres días llegar aquí". Connor conocía a Titus lo suficiente como para saber que estaba escondiendo una sonrisa. *Bien, a Titus también le gusta.* "Tu asistente tiene que volar, ir a recoger el auto y después manejarlo hasta aquí, lo cual es como una excursión". Si Connor no supiera que Titus era tan escrupulosamente honorable, hubiera sospechado que había creado el tiempo extra para ver más de Cleo. Su pobre asistente iba a estar en el camino un *largo* rato.

"Lo siento mucho", Titus continuó. "Sé que probablemente te sientes impotente en este momento, lo cual parece ser nuevo para ti. Pero haremos que funcione".

"Pero, del lado positivo, ¡más tiempo con nosotros!" Connor dijo.

Connor no pensó. No consideró nada más que el hecho de que estaba muy feliz de que Cleo se iba a quedar. Se agachó para besarla.

Sus labios estaba a unos milímetros cuando ella se hizo hacia atrás, empujándolo por el pecho, sus ojos moviéndose entre Titus y Connor como una presa sorprendida.

"¡Lo siento!" Connor dijo sin pensar.

"Cleo..." Titus comenzó a decir, estirando sus brazos.

Ella se volteó y corrió a la casa y ninguno de los hombres la detuvo. Connor exhaló largamente.

"Mierda".

Mierda.

Cleo caminó de un lado a otro en la cómoda habitación de huéspedes que los niños le habían ofrecido, haciendo puños con sus manos. Connor tenía todo el derecho de hacer una movida como esa; ciertamente lo había estado alentando lo suficiente. Pero se sentía tan *bien* cada vez que su pecho "accidentalmente" rozaba con el costado del duro pecho de Connor.

Ella perdió el equilibrio, medio tropezándose con la orilla del tapete que cubría la mayor parte del piso de madera dura de la habitación. *Eso es lo que me pasa por pensar demasiado en cómo se sentirían esos músculos presionados contra mi pecho.*

El asiento junto a la ventana la amortiguó mientras se hundió en su suavidad lujosa. El atardecer estaba espectacular hoy, un bello cuadro de rosas, naranjas y dorados. ¿Cuándo había sido la última vez que había tenido un minuto de sobra para realmente sentarse y ver al sol ponerse? Un par de unicornios estaban cogiendo en la parte superior de la montaña, sus siluetas combinadas en frente de nubes brillantes, como la postal de un paraíso mágico y erótico.

Debí haber dejado que Connor me besara. Se inclinó hacia adelante, presionando su frente contra el cristal frío. ¿Realmente hubiera sido tan malo devorar al hombre delicioso, frotándose contra su marco musculoso? Lo hubiera tomado del pelo rubio despeinado, hubiera capturado sus labios y hubiera escurrido una mano hacia abajo para confirmar que su trasero realmente era tan firme y tenso como parecía. Lo hubiera desenvuelto de su ropa andrajosa y hubiera sentido como su cuerpo temblaba mientras el gemía de placer. Sus bellos ojos morados se cerrarían mientras ella lo montaría, empujándose hacia abajo, sobre su miembro, una y otra vez.

Ni el frío de la ventana era suficiente para bajar el calor que aumentaba en su pecho.

La imagen en su cabeza cambió a Titus penetrándola por atrás. La forma en que sus manos se habían sentido en sus caderas al ayudarla a subirse y bajarse de ese camión la había hecho contener su respiración. Y esa *voz*, podría escucharlo decir su nombre por horas. Era demasiado fácil imaginar su piel obscura brillando con sudor mientras sus manos tomaban su cuerpo. Casi gimió con este pensamiento y mordió uno de sus nudillos. Titus la cogería sin piedad y ella no podría hacer nada más que tomarlo, gritando con el pacer de toda la situación.

Ahí está mi problema. Pasó sus manos por su largo cabello rubio, jalando ligeramente. ¿Cómo era posible que se decidiera entre esos dos hombres increíbles? Connor era espontáneo y gracioso, y más inteligente de lo que permitía ver. Titus era pensativo y amable, y realmente parecía entenderla. Y obviamente eran mejores amigos. Ella no necesitaba ese tipo de drama.

Cleo dejó salir un gruñido frustrado. *Solo logra aguantar dos días más y puedes regresar a la realidad.*

Abrió una ventana para tener una vista mejor del rancho. Una brisa ligera entró con el olor de pasto y el aroma brillante (aunque nunca hubiera creído que era posible) de los animales. El lago obscuro, las colinas ondulantes y las criaturas de otro mundo eran preciosos. Claro, el lugar era un poco loco y probablemente era una pesadilla financiarlo pero no podía evitar amarlo. No era nada como a lo que estaba acostumbrada, prefería las ciudades llenas de personas que se movían rápido y donde hablaban aún más velozmente, pero, por alguna razón, se sentía bien, como que le *quedaba bien.* Su oso interno quería estirarse y pasear, quería apoderarse y ser apoderada por la tierra.

Un grifo bajó volando para introducirse en el bosque, levantándose en vuelo de nuevo con un venado atrapado en sus garras. Ella sonrió. *¿Cómo era posible que un lugar tan extraño se sintiera casi como su hogar?*

Unos golpes en la puerta interrumpieron sus pensamientos.

"¿Cleo? ¿La cena está casi lista si quieres acompañarnos?" la voz de Titus fue amortiguada por la madera de la puerta.

"Oh sí, claro. ¡Por supuesto!" Cleo intentó inyectar entusiasmo a su voz. *No puedo creer que esté haciendo pucheros en mi habitación como una adolescente.* Se estaba *escondiendo* porque no podía decidir si quería más a Connor, a Titus o correr por este rancho en su forma de oso hasta que olor la saturara y supiera que pertenecía allí.

Suspiró. Sentarse en un cuarto con esos dos hombres sin tocarlos iba a ser más difícil que encontrar lagunas en las regulaciones de monopolios. Rápidamente arregló su cabello y mostró una sonrisa ganadora al pequeño espejo colgado en la pared. *Tú puedes con esto.*

Cleo se encaminó a la cocina, siguiendo el increíble olor. Olfateó el aire y casi se desmayó de la felicidad. Sobre la mesa de la cocina había ostras ahumadas con cajún, filete mingón término medio capeado con wasabi y puré de papas con trufas. El aroma de un pastel de queso y caramelo que aún se horneaba abrumó sus sentidos.

Su mejor amigo, Orson, se había casado con una chef y Cleo pensó que nadie podía cocinar tan bien como la Chef Casey pero, por el olor que venía de la cocina, parecía que podría estar equivocada.

"¡Todo huele increíble!" Cleo tuvo que contenerse de tomar comida de los platos para servir con sus manos.

"Connor es el chef", Titus dijo, sonriendo orgullosamente. "Generalmente no comemos *tan* bien pero..."

"Pero, ¿cómo podemos resistirnos a lucirnos en frente de una mujer preciosa como tú?" Connor terminó.

Cleo sintió su cara sonrojarse ante la atención. Estaba acostumbrada a recibir elogios de los hombres, pero había algo en la forma en que Connor hablaba, como si estuviera diciendo algo obvio, que hacía que sus cumplidos se sintieran como algo más. Ella intentó recuperar su compostura bromeando.

"Bueno, me alegra que lo hicieran. Estoy tan hambrienta como un oso".

Titus se rió y sirvió el vino, primero una porción pequeña que dejó que Cleo probara como un sommelier, después una porción muy generosa en la copa. Era un vino chileno terroso, el favorito incondicional de Cleo. Ella podía sentir cómo la tensión de su loco día se derretía mientras comía los platillos de Connor, tomaba el vino de Titus y entraba en una fácil conversación con ellos como si se conocieran de años atrás en lugar de sólo horas.

"Entonces, ¿cómo se conocieron ustedes dos?" Cleo introdujo una almeja en su boca, resistiendo el impulso a gemir cuando el sabor picante llegó a su lengua.

Connor y Titus compartieron una mirada seria de un lado de la mesa al otro. *Oh mierda.* Cleo inmediatamente se arrepintió de su pregunta. *¿Acabo de sacar al tema algo terrible?* Se preparó para la respuesta, lista para pedir una disculpa.

Titus comenzó, "nos conocimos cuando éramos solo niños. La familia de Connor me acogió después de que..."

"Después de que su estúpida familia lo corrió por no

poder transformarse", Connor terminó. Hizo un gesto ante la mirada de dolor que apareció en la cara de Titus. "Lo siento, amigo, sé que es un tema sensible. Pero es culpa de tus padres por ser imbéciles, no la tuya".

"Eso es lo que siempre me dices", la expresión de Titus mostró sus dudas. "Acabé del lado incorrecto de una bruja, justo como tú, Cleo". Titus le mostró una pequeña sonrisa. "Mi familia, en realidad el clan completo, son muy anticuados. Una vez que perdí mi habilidad de liberar a mi dragón interno, fui exiliado", Titus aclaró su garganta. "Pero para responder a tu pregunta, básicamente lo que sucedió fue que un Connor de seis años vio a un dragón en su forma humana, completamente solo y, en lugar de alejarse corriendo y gritando como cualquier niño normal, decidió ofrecerle la mitad de su barra de chocolate y llevarlo a su casa".

"¿Nos lo podemos quedar?" Connor preguntó con voz de niño, agitando en forma de juego a Titus del brazo.

"¿Tus padres dijeron que sí?" Cleo preguntó, su boca llena de puré de papas con trufas.

"Fueron personas maravillosas en ese sentido. Confiaron en mis instintos". Connor sonrió ampliamente. "Mi bisabuela era una bruja y un poco de esa intuición pasó por las generaciones hasta mí. Puedo ver la verdad en las cosas". Tomó un gran trago de vino. "Igual que puedo ver tanto al oso en ti como tu parte humana". Se rió. "Tu oso realmente parece estar disfrutando la comida".

¡Ten un poco de compostura, idiota! Cleo regañó internamente a su oso, que estaba girando sobre su espalda de felicidad. Como era usual, ignoró sus órdenes y siguió disfrutando y exigiendo un tercer plato de papas.

"Comenzamos con este rancho para ayudar a proteger a otros sobrenaturales de un mundo que no los entiende".

Titus abrió una segunda botella de vino. "Sin embargo, es un poco difícil mantenernos a flote".

"Es realmente difícil cobrarles una renta a unicornios y monstruos del mar", Connor se rió al decirlo.

"Pero estamos haciendo que funcione. Bueno... intentándolo", Titus dijo tristemente. "Afortunadamente, muchos de los cobradores de deudas no logran pasar más allá del monstruo de mar". Tomó un gran trago de vino.

"Es aún más difícil encontrar a una mujer que sea una buena combinación para nosotros dos; estamos tan aislados aquí afuera". Connor masticó lentamente. "Tener un gusto por compartir hace que salir con alguien sea el doble de difícil, te puedo decir eso".

Cleo se concentró en no escupir su vino sorprendida. La imagen de esos dos hombres penetrando su cuerpo desnudo hizo que su pulso se acelerara. *¿Me está proponiendo algo o sólo está hablando de los hechos?* Connor siempre parecía decir lo que pensaba, así que, ¿tal vez sólo estaba hablando sin ninguna intención? Cleo intentó distraerse con lo que hacía mejor: negocios.

"Si quieren, puedo ver sus estados financieros. Construí una compañía calificada dentro de la lista Fortune 500 a partir del pequeño negocio de mi padre. Estoy segura de que hay alguna forma en que pueda ayudarles a estabilizar su rancho".

Titus comenzó a hablar emocionadamente sobre los muchos gastos del rancho mientras Connor cuidaba el pastel de queso y caramelo. Cleo asintió ante las palabras de Titus, intentando concentrarse en los ingresos y préstamos, pero su mente seguía desviándose en contra de su voluntad a lugares obscuros y húmedos.

Solo le quedaban dos días; realmente no debería caer ante su fantasía de acariciar y probar a esos hombres. Iba a estar lo suficientemente ocupada con el simple hecho de descifrar cómo sacar al rancho de sus deudas: no necesitaba ese tipo de complicación. Después de solo unas horas con ellos, ya se sentía más caliente y molesta de lo que podía recordar haber sentido en *años*. Se imaginó ser llenada por los dos hombres al mismo tiempo y se movió en su silla mientras una sensación de calor invadió su centro.

Ordena tus desmadres mentales. Esto no va a suceder.

CONNOR NO ESTABA seguro de qué lo había despertado primero: la sensación agitadora de su intuición o el olor fuerte del humo.

"¡Titus!" gritó, golpeando la pared que separaba sus habitaciones mientras se ponía los jeans y las botas, y saltaba hacia la puerta. Desde su visión periférica vio a Daisy refugiada en una esquina de la cocina, encogida a un tamaño tan pequeño que parecía un chihuahua con tres cabezas.

Connor podía escuchar los gritos de los centauros y unicornios en cuanto salió. Un fénix solitario estaba volando sobre la casa, las plumas de su cola completamente encendidas con fuego. Distraídos por Cleo, no habían estado supervisando apropiadamente los ciclos de muda de los fénix para mantenerlos alejados de la madera seca y de la paja de los establos. El establo entero estaba encendido, el fuego cubría el techo y comenzaba a tocar los lados. Parecía que la frágil estructura de madera estaba a punto de colapsar.

La manguera para los bebederos estaba a unos metros del infierno. Connor hizo el cambio a la bomba automática y desenredó la manguera tan rápido como pudo, intentando no enredarse en los círculos que saltaban. Salió agua a través de la manguera de hule en sus brazos, la presión peleaba contra él por el dominio. Sus músculos se hincharon mientras dirigía el enorme atomizador de la manguera hacia las puertas del establo, haciendo retroceder las flamas lo suficiente para que pudieran escapar algunos de los unicornios atrapados.

Los centauros estaban gritando dentro del edificio en llamas demasiado confundidos o demasiado asustados para escapar. Alguien iba a tener que guiarlos hacia afuera.

Caminando lentamente con la manguera frente a él, Connor se acercó a la estructura en llamas, suprimió las llamas a lo largo de la base del edificio y en las vigas. Esperaba poder sacar al resto de los animales antes de que la estructura completa se cayera sobre sus cabezas.

Gritó los nombres de los centauros en espera de que pudieran escuchar su voz sobre los ruidos chispeantes y rugientes de las llamas. Sus gritos cambiaron a una mezcla de palabras aterrorizadas y sintió un escalofrío de miedo pasar por su espina dorsal.

"¡Ayuda!"

"¡Atrapados!"

"¡Todo está perdido!"

"¡Ayúdanos!"

"¡Atrapados!"

El calor era como una pared que lo empujaba hacia atrás, pero Connor peleó para seguir avanzando. El rocío que soplaba de regreso hacia él lo cubrió de pies a cabeza, aplastando su cabello, ahora negro, contra su cabeza y empapando la piel desnuda de su pecho. Sus jeans mojados se movieron rígidamente contra sus piernas.

Connor sintió como Titus llegaba por atrás de él. *Por fin.*

"¿Estabas disfrutando tu siesta, eh?" Connor gritó sobre su hombro.

"Solo mantén la puerta abierta para nosotros. Yo me encargo", Titus gritó antes de correr hacia adentro del infierno. Desapareció detrás de la pared de fuego mientras Connor peleó para reducir lo suficiente las llamas sobre la pared frontal para darles un camino de salida.

"¿Qué demonios está haciendo?" Cleo apareció a su lado. Agarró la manguera, ayudándole a estabilizar el chorro de agua para que él pudiera dirigir el agua más fácilmente. *Sabía que era perfecta,* Connor pensó.

En voz alta dijo, "Titus es un dragón, él es..."

Antes de que pudiera terminar su oración, cuatro centauros salieron corriendo a través de la puerta en una estampida hacia ellos. Connor se volteó para agarrar a Cleo, empujándola hacia el piso, su cuerpo se presionó contra el de ella mientras los sonidos de los cascos golpeaban el piso a sus lados. Él podía sentir cómo el cuerpo de Cleo se ruborizaba, su respiración era rápida.

Debería haber cinco centauros, Connor pensó.

Un golpe estruendoso resonó detrás de ellos y Connor se volteó a tiempo para ver cómo el establo entero tembló y se derrumbó en una explosión de calor. Giró a tiempo para bloquear la mayor parte del material que salió volando y evitar que golpeara a Cleo, sintiendo el ardor de la ceniza ardiente golpear su espalda.

"¡Titus!" Cleo gritó, agarrándose del pecho de Connor y empujándolo para que se sentara y la dejara ver. Lo abrazó fuertemente mientras veían el fuego comerse el resto del establo. "Titus", dijo de nuevo, suave como una oración. Su cabeza estaba recargada contra el hombro de Connor, su corazón latía al mismo tiempo que el de él.

Un estallido de llamas, una sombra masiva y ahí estaba

Titus, llevando al último centauro hacia afuera del granero, con flamas enmarcando su piel brillante como si estuviera saliendo de un póster de una película. El último centauro tenía algunos mechones quemados pero estaba lo suficientemente bien como para correr y unirse a sus compañeros para ser reconfortado por ellos.

El fuego había quemado la mayor parte de los pantalones de Titus y solo quedaban pedazos que se colgaban de sus muslos y su piel bronceada se veía ligeramente roja por repelar las llamas. Connor podía ver al dragón de Titus rugiendo y azotándose bajo su piel, intentando pelear para salir libre de la forma humana de Titus y bañarse en las brasas calientes.

"Santo..." Cleo suspiró, sin terminar su oración. Titus caminó hacia ellos y cayó sobre sus rodillas a su lado. Las manos de Cleo se estiraron hacia adelante, como si fueran atraídas por un imán, para tocar la cara de Titus y asegurarse a sí misma que él estaba bien. Su otra mano se estiró para tocar la cara de Connor y él sintió una sensación caliente iniciar en su pecho y bajar directo hasta su ingle.

Es nuestra.

CLEO NUNCA HABÍA ESTADO TAN aterrorizada. Titus había corrido, literalmente, dentro de un edificio que se estaba quemando y Connor había peleado contra las llamas con solo una manguera como arma. Podrían haber salido lastimados. Podrían haber *muerto*. Ella podía sentir las lágrimas que caían por su cara mientras abrazaba a los dos. Cleo estaba sorprendida por lo rápido en que estos hombres se habían vuelto tan preciados para ella. La idea de perder a alguno de ellos la lastimaba.

La mayor parte de la ropa de Titus se había quemado en el fuego pero su piel parecía estar intacta. *Realmente es un dragón,* pensó sorprendida.

Sus dedos pasaron sobre la piel de Titus en busca de heridas. La respiración de Titus se detuvo mientras lo tocaba y pasó su gran mano de forma reconfortante a través del cabello de Cleo.

Ella se recargó hacia la sensación y volteó hacia Connor. Él estaba empapado y su cara sucia con hollín. Ella movió su cabello mojado hacia atrás, sus dedos ahora explorando su piel en búsqueda de heridas. Él la jaló hacia él, estrellando sus labios contra los suyos.

La sensación de sus labios finalmente presionados contra su boca era tan explosiva que Cleo lamentó cada segundo que había gastado sin besar a este hombre. Su beso irradiaba fuerza, amabilidad y un ligero sabor de bagre ennegrecido, una combinación hermosa en un hombre que sabía *exactamente* qué tanto usar su lengua. Cleo envolvió un brazo alrededor de la espalda dura de Connor mientras su otra mano se estiró hacia atrás para agarrar el cinturón de Titus.

"Quiero esto", ella jadeó.

Era toda la motivación que ellos necesitaban. La boca de Titus se pegó al cuello de Cleo, besando y mordiendo suavemente la piel sensible mientras sus manos se escurrían hacia la parte frontal del Cleo, desabrochando su camisa. Las manos de Connor volaron al cinturón de Cleo, desabrochándolo mientras empujaba su lengua dentro de su boca.

Trabajaron un poco con la ropa de los demás hasta que los tres estaban desnudos bajo el cielo de noche. En la tierra, a metros de un desastre demolido y aún ardiente, con animales fantásticos alrededor de ellos, viéndolos con curiosidad. El aire olía a hollín, a humo de madera, a pelo quemado, pero todo eso desapareció en cuando Cleo se rindió ante la efecto de las manos de Titus y Connor sobre su piel.

Cleo podía sentir su cuerpo derretirse en las sensaciones; las manos ásperas acariciaban su cuerpo lanzaron olas de placer a su centro. No estaba acostumbrada a ceder el control, pero esta vez se deleitó en la sensación de ser cuidada, de ser reclamada. Una brisa fresca se envolvió alrededor de su cuerpo y ella inhaló rápidamente. Estaba completamente expuesta y le encantaba.

Las manos de Titus dejaron su piel y ella gruñó ante la pérdida de contacto. Podía verlo de reojo lanzar una cobija sobre unas cuentas pacas de paja que llegaban a la altura de su cintura y que estaban en el campo detrás de ellos y su pulso se aceleró. *Me van a tomar justo aquí.*

Connor la levantó en sus brazos, sus fuertes manos cubriendo el trasero de Cleo mientras la llevaba a las pacas de paja, acomodándola sobre ellas con una gentileza sorprendente. Ella se retorció en anticipación mientras los hombres la veían fijamente.

"Es increíble", Titus susurró.

"Es toda nuestra", Connor sonrió.

Saltaron sobre ella. Titus comenzó en sus pies, acariciando y besando las pantorrillas de Cleo, moviéndose lentamente hacia arriba con sus manos y boca. Cada caricia de su lengua provocaba escalofríos que subían por su cuerpo como remolinos en una marea que se aproximaba rápidamente.

Connor, mientras tanto, se aferró a su pecho, moviendo su lengua de un lado a otro sobre la punta parada, pasándola entre sus dientes mientras la molestaba con su otra mano. La mano de Cleo voló a la parte de atrás de la cabeza de Connor, jalándolo más cerca mientras jadeaba y gemía.

Si los besos de Titus eran como olas que surgían, la lengua de Connor era como un fuego abrasador.

Titus había subido hasta sus muslos, moviéndose más y más cerca de su centro con una lentitud insoportable. Él la miró y sonrió con su mueca destructivamente hermosa.

"Hermosa", él rugió antes de devorarla, pasando su lengua por sus dobleces mojados. La sensación de su boca caliente sobre su centro era perfecta, su lengua exploraba alrededor como una nueva sorpresa cada segundo pasando por sus labios y encontrando nuevos puntos sensibles que ella no sabía que existían.

Él se movió para molestar y succionar su clítoris mientras separaba sus labios con su mano. Jugó con su apertura por un segundo, se entretuvo con su humedad hasta que ella quiso gritar. Sin advertencia, sumergió dos dedos dentro de ella, entrando y saliendo incesantemente.

Cleo solo podía suspirar de placer. Su mano se deslizó hacia abajo sobre la piel húmeda de Connor, sintiendo las crestas duras de sus músculos bajo sus dedos. Su cabello aún estaba empapado y lanzó riachuelos de agua que bajaron por el torso de Cleo mientras él pasó su atención de un pecho al otro, molestándola con su boca caliente. Las manos de Connor exploraron su cuerpo, tocaron su suave piel mientras su boca transfería sus atenciones espléndidas de un pecho al otro. Ella arqueó su espalda, presionando su pezón más fuerte contra la boca de Connor.

"Mmm, sí", ella gimió, agarrando fuertemente la paja bajo ella. "Los quiero a los dos tanto". Ella levantó sus caderas para dejar entrar más profundo los dedos de Titus mientras jalaba una de las manos de Connor hacia su boca, chupando su dedo.

La sensación de Connor torturando sus pezones, combinada con la sensación de Titus moviéndose dentro de ella era demasiado para aguantar. Cleo se corcoveó y gritó, apretando contra los dedos de Titus mientras se venía gritando sus nombres.

El mundo volvió a enfocarse mientras sentía los dedos de Titus dejar su centro empapado. Se retorció ante la falta de la sensación que la llenaba y trató de agarrar a Connor, que había dejado su lado. Los dos hombres estaban parados frente a ella, su piel brillante en la luz del amanecer, y ella pudo ver por completo sus cuerpos desnudos por primera vez.

Que caliente. Hasta Connor, el más pequeño de los dos, era uno de los hombres más fuertes que jamás había visto, con capas de músculos por todo su cuerpo por el fuerte trabajo de pelear con esfinges para regresarlas a sus cuevas y por levantas pacas de paja. La mirada de Cleo viajó hacia abajo, a sus miembros erectos, ya con gotas de líquido preseminal y tragó. Sus piernas se abrieron aún más sin que pudiera controlarlo, su centro sensible ya estaba listo y necesitaba ser llenado por sus enormes miembros.

"Vengan aquí, ahora", ella dijo, indicando que se acercaran con un dedo.

"Sí, señora", Connor contestó, agachándose entre las piernas de Cleo.

"Como desees", Titus agregó en eco mientras se colocaba atrás de ella para dar un masaje a sus hombros. Ella se recargó contra sus manos, sintiendo como deshacía todos los nudos que no se había dado cuenta de que estaba cargando.

Connor miró su abertura como si fuera la cosa más hermosa que hubiera visto en su vida, su boca cayó abierta en asombro. Se movió hacia adelante lentamente hasta que su miembro estuvo posicionado sobre el centro de Cleo, su dureza molestaba su centro sensible con la punta. Ella levantó sus caderas, intentando incrementar el contacto con él, pero él se movió hacia atrás, acercándose solo cuando ella se relajó.

"Connor..." ella dijo en un jadeo que pretendió sonara amenazador. Él le guiñó un ojo y, con una lentitud tormentosa, entró en ella, su anchura estirándola mientras se movía. Era enorme y su longitud tocaba todos los lugares correctos.

El placer intenso era tan inmenso que los dedos de los pies de Cleo se enroscaron sobre la paja y ella se retorció contra él, intentando que entrara más profundamente. El pulgar de Connor encontró su clítoris y bailó en pequeños círculos alrededor de él, reduciendo la tensión de su entrada y haciéndola retorcerse ante la nueva sensación.

"Necesito más", Cleo gimió.

Connor entró fuertemente en ella hasta estar completamente adentro y ella dejó salir un gemido, las grandes manos de Connor levantaban las piernas de Cleo para que sus tobillos descansaran sobre sus hombros. El ángulo se sentía increíble, su miembro rozaba su clítoris cada vez que empujaba hacia adentro y mientras se movía, Cleo sentía alrededor con sus manos intentando encontrar algo de que agarrarse.

Ella volteó para ver a Titus mirándola con adoración, su miembro completamente erecto. Con una sonrisa malévola, Cleo jaló a Titus de la mano, acercándolo a su costado. Él se paró tan cerca de las pacas de paja que todo lo que ella tuvo que hacer fue girar su cabeza y lamer ligeramente el líquido pre seminal de su punta. Él dejó caer su cabeza hacia atrás en placer.

Los movimientos de entrada y salida de Connor incrementaron en ritmo mientras la lengua de Cleo saltaba sobre la longitud de Titus, lamiéndolo y jugando, y sus manos se divertían gentilmente con sus bolas hinchadas. Finalmente, abrió su boca, dejándolo entrar.

La sensación de Titus en su boca y de Connor en su coño no se parecía a nada que hubiera experimentado antes. Llena, suya, intensamente excitada más allá de lo que le permitía pensar. Jaló a Titus más profundo, tomando su mano y guiándolo a la parte de atrás de su cabeza para que la cogiera por la boca.

Ella se rindió, relajándose ante la sensación de Titus deslizándose por su garganta mientras Connor empujaba fuertemente contra su centro empapado.

"Oh mierda. Está tan apretada". Connor se quedó sin aire, sus manos deslizándose hacia arriba y abajo de las piernas de Cleo mientras se movía con ella.

"Su boca se siente tan bien", Titus jadeó. "Estoy en su garganta y..." dejó salir un gemido, "las cosas que está haciendo con su lengua". Su mano se movió hacia abajo para apretar el pezón duro de Cleo. "Oh Dios, no podré aguantar mucho más".

Cleo gimió en acuerdo. Siguió dando un masaje al miembro de Titus con su lengua y empezó a tararear mientras apretaba sus músculos internos alrededor de Connor. Necesitaba que se vinieran dentro de ella, *ya.*

Titus fue el primero en irse sobre la borda, dejando salir un gemido mientras su semen caliente se deslizó por la garganta de Cleo. Él salió de su boca y la besó profundamente, su mano se deslizó hacia abajo para jugar con su clítoris. Connor lo siguió poco después, rugiendo al venirse, agarrando con toda su fuerza las piernas de Cleo mientras explotaba dentro de ella.

Cleo tembló y se corcoveó, gritando y entrando en un espasmo mientras su orgasmo se extendió por su cuerpo. Cayó hacia atrás, completamente desgastada mientras sus dos amantes se acomodaron a sus lados, los brazos cruzándose sobre el cuerpo de Cleo. Ella sonrió hacia la paja mientras se dejó caer en el sueño más profundo de su vida.

"¿No ven cómo esto podría arreglarlo todo?" Cleo exclamó.

Titus se sintió asentir con la cabeza, aunque no podría evitar la sensación de miedo en su estómago. Por supuesto que Connor ya estaba asintiendo con entusiasmo, su instinto de aventarse a cualquier cosa, aunque fuera un arreglo de negocios posiblemente desastroso, se mantenía sin disminuir.

Cleo había pasado la mañana explicando su solución para los problemas financieros del rancho. Inicialmente, había intentado explicárselos en la cama (una vez que habían llegado a una cama), pero Titus había estado demasiado distraído intentando ver si el sabor de la piel de Cleo sobre su cuello era diferente al sabor de la piel en su estómago y en sus ingles, y todos se habían distraído. Eventualmente, muchas horas después y solo después de que Connor había tenido la oportunidad de probar a qué sabía la vulva de Cleo y de que el semen de Titus se había escurrido por una esquina de su boca, habían decidido que necesitaban vestirse.

Las garras hambrientas del fénix que acababa de renacer también ayudaron a que se vistieran y salieran al rancho a realizar sus tareas matutinas antes de que la bestia en llamas decidiera prender fuego la cocina.

"Las brujas pagarán por tantas de estas cosas", Cleo dijo. "Las plumas de grifo, pelo de unicornios y centauros, hasta por el estiércol de los fénix y las esfinges: son compuestos extremadamente inusuales para muchos de sus hechizos. La mayoría de los aquelarres que conozco harían locuras por estos ingredientes. Si podemos encontrar una forma de llevar los productos de sus criaturas directamente a las brujas, podrán cobrar todo lo que quieran".

Los tres se pararon a la orilla del lago, viendo las montañas onduladas del encierro de los centauros. Los restos del establo eran la única mancha negra en todo el verde ondulado; los unicornios y grifos que saltaban ya se sentían optimistas después del susto del incendio. Realmente eran criaturas resistentes, aún más que sus cuidadores.

Cuando Titus pensaba en las brujas, sentía el mismo horror que había sentido a los seis años, dándose cuenta de que estaba atrapado en su forma de humano para siempre.

Pero, ¿qué más podían hacer? Los argumentos de Cleo eran sensatos. Esta era la única forma en que podrían salvar el rancho y con Cleo ahí para negociar los detalles, era su mejor opción.

Puso su brazo alrededor de los hombros de Cleo y la jaló hacia él, respirando el aroma fresco del champú en su cabello. Su dragón interior gimió en éxtasis. Su dragón ya estaba cautivado por su aroma, por la forma en que su cuerpo se movía, por el espíritu fuerte e inteligente que brillaba desde dentro de sus ojos azules. Era la pareja de su dragón, pero su vida no estaba aquí. Ella necesitaba a su compañía tanto como él necesitaba al rancho y a Connor para sentirse completo.

Y aún así, él pensó mientras acariciaba su hombro, *si tan solo pudiéramos encontrar una manera de que se quedara, la vida seria perfecta.*

"¿Así que a los dos les parece este trato?" dijo ella. Su brazo se escurrió alrededor de la cintura de Titus y acarició su costado, mientras su otro brazo se movió alrededor de los hombros de Connor.

"¡Claro!" Connor gritó. Sostuvo el guion que Cleo había escrito para cuando contactaran a las brujas, ya que Cleo aún no podía utilizar un teléfono. "He estado practicando cómo decir 'costo de oportunidad' sin reírme durante la última hora".

"A mí también me parece", Titus agregó. "Mientras estés segura de que podemos confiar en estas brujas", no pudo evitar agregar.

Cleo acarició su cintura y después movió su mano para apretar su trasero. "Confía en mí. Estamos usando un contrato con ataduras mágicas que no pueden romper. Agregué cláusulas para que no puedan revender a otras brujas para que los aquelarres tengan que venir y comprarnos directamente a nosotros y hay un..."

Siguió describiendo todas las cláusulas y protecciones que había incluido en el trato, pero Titus dejó de poner atención después de su uso casual de la palabra "nosotros". Connor la había escuchado también, obviamente, porque su cabeza se levantó con una expresión de maravilla en su cara.

"¿Te vas a quedar? Queremos que te quedes", Connor increpó, su cara estaba encendida con anhelo.

Titus estaba agradecido de que Connor había podido decir simplemente lo que él había tenido ganas de decir toda la mañana.

Cleo cambió su peso y besó a Connor con un beso largo y apasionado que hizo que el dragón interno de Titus rugiera con lujuria. La mano de Cleo en el trasero de Titus apretó más fuerte y después de movió alrededor de su cadera para acariciar su miembro que se estaba endureciendo a través de sus pantalones. Él podía ver cómo la lengua de Cleo entraba en la boca de Connor y cómo sus pezones se endurecían a través de su camisa.

Los centauros observantes gritaron alentándolos mientras Titus desabrochó la parte de adelante de los jeans prestados que traía Cleo y metió su mano entre sus piernas para tocar sus dobleces mojados.

"No tenemos mucho tiempo", Cleo jadeó. "Alguien tiene que llamar a las brujas, hacer el trato". No sonaba muy convincente. Su cuerpo se arqueó, sus pechos presionaban contra su camisa en una clara invitación para ser lamidos y acariciados.

Connor se alejó de ella, con una sonrisa malévola que apareció en su cara. "Entonces es mejor que vaya a llamar a esas brujas para que podamos comenzar a convencerte de que te quedes". Volteó a ver a Titus y lo señaló con su dedo. "Y nada de jueguitos mientras no estoy. No quiero perderme de nada".

Titus no pudo evitar reírse, aunque su dragón se retorció en frustración mientras sacó su dedo de los pantalones de Cleo. Cleo se veía frustrada ante la necesidad de ser restringida también. Él lamió las gotas de humedad de sus dedos, amando la forma en que las pupilas de Cleo se dilataban al ver cómo su lengua lentamente se movía sobre su dígito. Él le dio un beso rápido en la mejilla.

"Solo un recordatorio de las razones por las que deberías quedarte, amor", dijo, caminando hacia abajo de la colina y hacia los establos a un paso indulgentemente lento para su erección furiosa. Connor los saludó a los dos con la mano mientras trotaba para bajar la colina, hacia la casa. Ahora todo lo que tenían que hacer era esperar.

～

TRES HORAS para que las brujas lleguen. Cleo sólo tenía tres horas para que todo saliera perfectamente bien o terriblemente mal. Se recargó contra el marco de la puerta de la cocina con sus brazos cruzados apretadamente contra su pecho. Connor estaba en la cocina, lanzando ingredientes en un tazón de forma un poco demasiado vigorosa, una pequeña nube de harina flotaba alrededor de su cabeza. Titus caminaba de un lado al otro nerviosamente al lado de la mesa, pasándole ingredientes de forma silenciosa a su amigo cuando Connor señalaba con la cabeza y gruñendo algo.

Necesitamos una forma de pasar el tiempo. El pensamiento atravesó la mente de Cleo como un duende mal portado. Consideró sus opciones. Podía inquietarse y preocuparse con los chicos, o podía divertirse un poco. *Sería mejor irme dejando una impresión.*

Cleo entró a la habitación con confianza, desabrochando su camisa mientras se movía a través de la habitación. Titus fue el primero en darse cuenta, sus puños se relajaron mientras la veía. Cleo se quitó la camisa, dejándola caer al piso.

Connor se volteó ante el ruido, aún batiendo furiosamente. Cleo sonrió y desabrochó su cinturón que aseguraba unos jeans demasiado grandes sobre sus caderas, dejándolo caer. Los pantalones cayeron al piso y ella escuchó el sonido del globo para batir que cayó dentro del tazón con una pequeña salpicadura.

Se bajó su ropa interior, sonriendo ante las expresiones de lujuria que invadieron las caras de Connor y Titus. Cleo se quedó parada completamente desnuda y una nueva tensión llenó la habitación mientras los hombres se quedaron congelados, en trance.

Ella levantó una ceja y la tensión se rompió, ambos

hombres corriendo a través de la habitación, arrancando la ropa de sus cuerpos y tirando sillas para llegar a ella.

Los labios de Titus encontraron primero a los de Cleo, su mano gentilmente giró su boca para que se uniera con la suya, sus ojos obscuros con lujuria. Empujó su lengua dentro de la boca de Cleo, bailando de forma seductora con la suya. Su mano se escurrió alrededor de su espalda y la jaló cerca, su erección creciente presionaba contra el muslo de Cleo. La sensación de los músculos duros de Titus contra sus pechos era increíble y ella se restregó contra él, sus pezones endureciéndose ante la sensación.

Atrás de ella, las manos de Connor recorrieron su piel expuesta. Él jaló su largo pelo rubio hacia un lado, y besó y succionó detrás de su oreja, moviéndose hacia abajo por su cuello. Sus manos se movieron para dar un masaje al trasero de Cleo mientras Titus se hacía hacia atrás.

Cleo se quejó ante la pérdida de Titus pero se emocionó ante lo que vio. Titus barrió la mesa de la cocina con un brazo musculoso, dejándola limpia. Connor presionó detrás de ella, guiándola a la mesa en donde Titus cuidadosamente la acostó a lo ancho. Titus se movió entre las piernas de Cleo, su longitud dura rozaba lentamente contra los muslos de Cleo, acercándose más y más a su vértice.

"¿Nos deseas?" Titus preguntó, moviendo sus caderas para que la punta de su miembro rozara su clítoris hacia un lado y hacia el otro. Cleo gimió y se retorció en frustración. Las piernas de Cleo se movieron alrededor de la cintura de Titus, jalando sus caderas más cerca de la orilla de la mesa.

"Mmm, sí, los quiero a los dos", ella gimió.

Connor se movió a su costado. "¿Qué tanto nos deseas?" La mano de Connor se movió bajando sobre su cuerpo hasta que encontró su clítoris y la empezó a tocar. El miembro de Connor se movió de forma que la punta llenó su apertura, hundiéndose y saliendo lo suficiente para hacerla retorcerse contra la dura superficie de la mesa.

Cleo miró a los ojos morados de Connor mientras empujaba sus caderas para tomar más del miembro de Titus dentro de ella. Lentamente lamió la palma de su mano húmeda, sin romper el contacto visual con Connor.

"Oh Dios, los deseo tanto. Por favor". Cleo estaba suplicando y no le importaba. Tomó el miembro de Connor en su mano, moviéndose hacia arriba y hacia abajo a lo largo de su longitud impresionante, con su saliva cubriéndolo. Ella amaba la forma en que sus ojos morados se cerraban en éxtasis mientras lo tocaba. "Oh, por favor, cójanme, los dos".

Titus gimió y se empujó dentro de ella, su miembro llenándola por completo. La mesa se movía cada vez que empujaba fuertemente y ella se empujó contra él, usando sus piernas para jalarlo más profundo.

Ella se agarró más fuerte alrededor de Connor y lo escuchó gemir sobre ella. Lo acarició con cada empujón que Titus hacía, y pronto, todos estaban jadeando y gimiendo de placer.

"Espera", Cleo jadeó. Soltó el miembro de Connor y se levantó sobre sus codos. Liberó a Titus del agarre de sus piernas alrededor de sus caderas y gentilmente lo empujó del pecho para que diera un paso hacia atrás.

"¿Qué?" Connor dijo, viéndose como si hubiera estado aturdido.

"¿Te lastimé?" Titus preguntó, su frente arrugándose con preocupación.

Cleo se inclinó hacia adelante para besarlo.

"No, amor, pero lo que tengo en mente no cabrá en la mesa". Sus ojos se abrieron y él sonrió. Ella guió a Titus al piso de la cocina para que se acostara sobre su espalda, su miembro tan erecto que casi quedaba apoyado sobre su estómago.

Colocando sus piernas a los lados de Titus, Cleo bajó sobre su dureza, gimiendo ante la sensación de ser llenada una vez más. Se sentía tan *bien,* como si ser una con él era completarse a sí misma. Pero algo faltaba. Alguien.

"Ven aquí", le sonrió a Connor, tomándolo de la mano y jalándolo detrás de ella.

Inclinó su cuerpo hacia abajo, hacia Titus, hasta que sus pechos se presionaron firmemente contra el pecho de Titus y su trasero se levantó en el aire. Titus empujó hacia arriba unas cuantas veces y ella movió sus manos hacia abajo para hacer que se quedara quieto.

"Pronto", ella susurró.

Connor levantó una botella de aceite de oliva cercana y la vertió sobre su erección, gimiendo mientras movía su mano sobre su longitud resbalosa. Vertió un poco de aceite en el hoyo apretado del trasero de Cleo mientras ella inhaló rápidamente ante la frescura. Connor agarró sus caderas y lentamente se introdujo en ella, estirando su hoyo ajustado.

Cleo se tensó ante el rápido dolor de Connor entrando en ella, dejando salir un suspiro feliz mientras empujaba hacia adelante y ella se podía relajar alrededor de él. Titus llenó su vulva por completo, su cuerpo caliente mandando olas de calor hacia el de Cleo que ahora tenía el peso de Connor sobre ella, abriéndola y llenándola por atrás. Cleo quería gritar del placer de todo, las vergas entrando y saliendo de ella una y otra vez, las sensaciones abrumándola. Estaba atrapada entre ellos, sin poder moverse o hacer nada excepto dejar que el intenso placer surgiera dentro de ella. Se dejó ir, dejó que sus amantes tomaran el control, confiando en ellos por completo.

Podía sentir su orgasmo crecer mientras Connor y Titus

aumentaban la velocidad, empujando dentro de ella más rápido y más fuerte. El agarre de Connor aumentó alrededor de las caderas de Cleo y Titus la jaló más cerca, sus respiraciones eran cortas y rápidas.

Cleo tembló, sus paredes se contrajeron en espasmos alrededor de Titus mientras se venía fuerte. El mundo explotó en luz y sensación mientras se dejó caer alrededor de ellos. El semen caliente la llenó mientras Connor y Titus la siguieron sobre la borda, ambos gritando al liberarse.

Cayeron en un montón exhausto, sin la intención de dejarse ir unos a los otros. Cleo se sintió segura hecha sándwich entre sus dos hombres.

¿Me los puedo quedar?

El lamento descontento de algunos de los animales en el exterior los regresó a la realidad.

Un estallido de luz blanca explotó en el campo detrás de la casa. Las brujas habían llegado. *Hora de hacer negocios.*

CONNOR NO TENÍA idea de que negociar un trato sencillo tomaría tanto tiempo. Las brujas habían estado ahí por casi tres días y, 200 páginas de contratos después, finalmente parecían estar definiendo los detalles finales.

Nunca había visto a Cleo tan magnífica. Connor y Titus habían intentado mantenerse alejados del cuarto de guerra que Cleo y las brujas habían preparado en la sala de estar. El espacio vibraba con teléfonos y tabletas mostrando las caras de socios de negocios en video conferencias y miembros de los aquelarres uniéndose a la conversación; la televisión había sido redecorada con un monitor extragrande para mostrar las diferentes gráficas y propuestas. Las brujas habían sido forzadas a remover el hechizo de aparatos electrónicos sobre Cleo cuando llegaron para que todos pudieran avanzar sin que todas sus computadoras personales se congelaran en cuanto ella se acercaba.

Por supuesto, la mirada en el pobre asistente de Cleo, la cara de Brad cuando llegó manejando en el viejo pedazo de chatarra que había estado conduciendo por tres días y se dio cuenta de que toda esa manejada había sido inútil, *no tenía precio*. Connor sonrió solo de pensarlo. Cleo suavizó el golpe diciéndole que contaba como horas extra, pero el pobre niño se había desmoronado en una de las habitaciones contiguas y no había salido en un día entero.

Aún mientras intentaron mantenerse alejados, Connor y Titus se encontraron atraídos de vuelta a Cleo a través de los días de negociaciones, asomándose a escondidas por las ventanas de la sala de estar o deambulando en la puerta para ver a Cleo partir traseros y tomar nombres. Aún desarreglada y vestida con ropa de hombre, su presencia poderosa dominaba la habitación.

Al final de cada día, entraba gateando a la cama y se dejaba caer, demasiado cansada para hacer cualquier cosa más que gemir mientras Connor le daba un masaje a sus pies doloridos y Titus a sus hombros. La consentían y acariciaban hasta que estuviera mojada y lista para saltar sobre uno de sus miembros y gritar con una excitación que la dejaba sin aire hasta que el otro la cogía por atrás, la doble penetración la llevaba a un orgasmo que la hacía ver las estrellas cada noche. Y, una *muy* buena noche, cuatro veces.

Connor suspiró complacido mientras lanzaba una paca de paja hacia los unicornios que esperaban abajo. Aún con Cleo dentro de la casa, el simple hecho de saber que estaba en el terreno lo calmaba y hacía que los colores se vieran más brillantes.

Gritos y nubes de humo negro explotaron desde la sala

de estar y Connor salió corriendo de los establos hacia la casa. *¿Están atacando a Cleo las brujas?*

Blandió el rastrillo en sus manos como un arma. Si le habían hecho algo a Cleo, ninguna cantidad de magia lo detendría de llevar a cabo una venganza terrible. Podía sentir a Titus venir desde el lago, corriendo a la misma velocidad, furia y terror irradiando de él como una tormenta de rayos creciente.

Los dos se detuvieron en frente de la cocina. Las brujas y Cleo estaban sirviendo champaña y sonriendo, había fuegos artificiales de celebración explotando en la cocina y gritos de felicidad que venían de todas direcciones.

"Entonces, ¿quedó listo?" dijo Connor, sin estar seguro sobre si debería forzarse a mostrar una sonrisa en su cara. Cleo había terminado el trato de manera exitosa, lo cual era genial, pero la idea de que pronto se iría se sentía como un peso que lo aplastaba.

¡Salvó la granja! ¡Sé feliz! Le dijo al dolor en su estómago que parecía hundirlo, pero el dolor se rehusó a escuchar. *Nos va a dejar.*

Aún el estoico Titus parecía estar teniendo problemas para contener sus emociones. Sus manos estaba cerradas en puños y su sonrisa se veía falsa, con demasiados dientes.

Cleo los vio en la puerta y sonrió, su felicidad tan aparente que ayudó a sacar a Connor de su mal humor y a regresarle su sonrisa con toda su fuerza.

"Justo los hombres perfectamente guapos que estaba buscando. ¡Todos! ¡Al pastizal!" ella gritó.

Connor y Titus intercambiaron miradas.

"¿Qué sucede?" la ceja levantada de Connor le preguntó a Titus.

Titus se encogió de hombros y siguió a todos al exterior. Las brujas se pararon en el pastizal en un círculo amplio, susurrándose unas a otras sobre posiciones en contra del movimiento del sol y otras cosas que Connor no entendió.

"¿Qué sucede?" Connor intentó preguntarle a Cleo. Caminó para pararse a su lado, Titus se paró silenciosamente del otro lado de Cleo. Ella miró alrededor del círculo de brujas con una expresión de satisfacción en su cara.

No le contestó a Connor, pero tomó su mano y la de Titus y los llevó a los dos al centro del círculo.

"Ya verás", ella dijo. "¡Estamos listos!" gritó a las brujas.

"¿Qué? No estamos listos. ¿Qué es esto?" Titus dijo, su cara usualmente bronceada estaba brillante y pálida.

"Solo agárrate de mí, pequeño dragón bebé", Cleo dijo, sonriéndole. "¿No confías en mí?"

"No cuando sonríes así", Titus dijo.

"Hombre inteligente", ella dijo.

El canto de las brujas a su alrededor empezó a aumentar en velocidad. Connor observó que algunas de ellas sostenían plumas doradas brillantes de grifos mientras que otras habían tejido pelos de unicornio alrededor de sus cuellos como cadenas brillantes. Apareció una luz en sus manos y se intensificó hasta convertirse en unas orbes verdes que lanzaban destellos flotando enfrente de las brujas reunidas.

El canto cambió, convirtiéndose en una música aguda que pulsaba y que hizo que la piel de Titus picara. *¿Así era como se sentía la magia?*

Había una luz que estaba creciendo alrededor de él también, vio sorprendido. El oso que vio justo debajo de la piel de Cleo creció y estiró sus garras como si estuviera conduciendo una sinfonía de luces y música. El dragón de Titus golpeó y se enroscó bajo su piel, más grande de lo que Connor había visto antes.

Entonces, tan repentinamente como había empezado, las luces y la música se desvanecieron hasta que los tres se encontraron parados en un círculo verde brillante marcado en el piso alrededor de ellos. Había runas brillantes trazadas en el exterior del círculo, sus traducciones inscritas en letras ardientes en el pasto frente a ellos.

"Fuego, luz y..." Connor comenzó a leer en voz alta antes de que Cleo pusiera una mano sobre su boca.

"No lo leas a menos que quieras que todos nosotros seamos lanzados al otro lado del país", ella dijo.

"¿Qué acaba de pasar?" Titus dijo. Estaba estirando sus brazos sobre su pecho como si estuviera intentando quitarse un dolor de espalda. "Me siento... extraño".

"Eso es porque ya no estás maldito", Cleo dijo, estirándose para acariciar su mejilla. "Fue parte del trato que hice. Puedes transformarte cuando quieras. Inténtalo".

"Pero eso es imposible", Titus negó con la cabeza. "No he podido transformarme desde que tenía seis años de edad..."

"Solo inténtalo", Connor agregó, rebotando emocionado sobre sus metatarsos. El dragón de Titus se estaba estirando para hacerse más ancho y más completo, sus alas y su cola se enroscaban y estiraban como si fueran resortes a punto de saltar hacia el cielo.

Titus cerró sus ojos y Connor vio con una felicidad explosiva cómo el dragón interno que había observado por años lentamente se apoderaba de la forma humana de Titus. Titus se retorció y creció, la piel de su cuerpo se rompió mientras los cambios pasaron por él hasta que un gran dragón rojo estaba parado en la mitad del círculo.

Titus estiró sus alas y se lanzó al aire, el golpe de sus enormes alas lanzó a todos casi hasta el piso. Connor abrazó a Cleo contra su cuerpo y los mantuvo de pie, maravillándose una vez más ante la forma perfecta en que el cuerpo de Cleo encajaba con el suyo.

"Por favor quédate", él dijo. "Te necesitamos. Creo que jamás nos imaginamos lo vacías que estaban nuestras vidas antes de que llegaras, lo mucho que te necesitábamos".

"Tengo un trabajo increíble del otro lado del país", Cleo dijo gentilmente. "No puedo quedarme aquí todo el tiempo. ¿Qué haría?"

"Lo que quisieras. Podrías administrar tu negocio desde la sala de estar. Te construiríamos una oficina aquí, lo que necesitaras. Nosotros te necesitamos a ti".

"Realmente no me necesitan", ella dijo, sus ojos llenándose de lágrimas. "Tienen controlado este lugar y, con este nuevo trato, el rancho va a ser más que estable financieramente. Serán millonarios pronto, ya verás".

"¿No multimillonarios como tú?" Connor se forzó a bromear.

"No te creas mucho", ella sonrió.

El viento alrededor de ellos tomó fuerza y él abrazó a Cleo de nuevo. Sus manos simplemente acabaron agarrando sus pechos, sosteniéndola fuerte contra el viento mientras Titus aterrizaba junto a ellos. Titus regresó a su forma humana, sus pantalones destrozados por su transformación. Unas cuantas brujas miraron su forma desnuda con apreciación mientras se dirigían de regreso a la casa a recoger sus cosas.

"Escuché lo que estaban diciendo", Titus dijo. "Cleo, lo que Connor intenta decir es que puede ser que no te necesitemos, pero te queremos. Te amamos".

Cayeron lágrimas por la cara de Cleo y se estiró para jalar sus cuerpos cerca de ella para quedar atrapada entre ellos.

"Yo también los amo a los dos", dijo. "Así que es algo bueno que le pedí a las brujas que crearan unas coordenadas específicas para nosotros". Señaló con la cabeza al círculo verde.

"¿Qué es eso?" Titus dijo. Por su tono, sonaba que aún él ya no estaba maldito no había acabado con sus sospechas sobre la magia. *Solo dale tiempo,* Connor sonrió.

"Es para transportar los productos ordenados a las brujas sin tener que pasar por la molestia de todos los métodos tradicionales de envío. Cuando dices las palabras escritas allá, lo que sea que esté en el círculo será transportado a un almacén especial en la parte de atrás de AUDREY'S. Es un bar en mi ciudad y un tipo de casa segura para criaturas sobrenaturales".

"¿De qué sirve todo eso si te vamos a perder? Nos amas, te amamos", Connor dijo.

Cleo le sonrió, "entonces es algo bueno que estas coordenadas puedan transportar a personas también. ¿De qué otra forma podría regresar a casa, a ustedes, cada noche y de vuelta a la oficina en la mañana?"

Connor se inclinó hacia adelante para besarla, el sabor de los labios de Cleo como la dulce belleza de llegar a casa.

Titus se inclinó hacia adelante, envolviendo sus brazos alrededor de Cleo por atrás, besándola en el cuello.

"Retiro todo lo malo que alguna vez dije sobre la magia si puede traerte a casa con nosotros", Titus dijo.

"Sí, ustedes dos son mi casa, mi hogar".

EL DOMINIO DEL ALFA

Sally bajó por la lista de las reservaciones del día siguiente en su tableta con una gran sonrisa en su cara. Cientos de huéspedes se iban a registrar para la gran conferencia que se llevaría a cabo en su hotel y el grupo era *más* que excéntrico. Era una de las conferencias realmente retadoras con un millón de pequeños detalles que mantener en mente. Revisó dos veces su lista con los perfiles de las inusuales restricciones dietéticas y peticiones de alojamientos atípicos de sus huéspedes. Había más que suficiente para mantenerla a ella y a su personal corriendo alrededor del hotel por unos cuantos días. Sally sonrió.

Lo que más me gusta.

Administrar el Hotel de Hielo Wondernasium era el mejor trabajo que Sally había tenido en su vida. No era solo la novedad de trabajar en un edificio hecho completamente de hielo en los días más calurosos del verano, era todo: los huéspedes extravagantes, la ubicación increíble junto al parque temático Invierno Wondernasium y definitivamente no podía quejarse del jefe.

Ben Broyles era brillante, visionario y tan guapo que Sally casi se sorprendía de que las paredes no se derritieran alrededor de él. Estaba completamente fuera de su alcance, por supuesto, y era su *jefe,* pero unas cuentas fantasías no le harían daño a nadie.

"¡Sally!" una de los meseras de la barra, Lola, corrió hacia ella. El uniforme de Lola estaba un poco ajustado en el área de su pecho y su cabello, trenzado en cien aros negros que salían de su cabeza, frustraba el espíritu interior de limpieza de Sally. Lola venía como un préstamo del bar de la misma calle, la habían enviado específicamente para la gran conferencia. Los pechos de la mesera se movieron y casi salieron de su blusa cuando agarró el hombro de Sally.

"Los, eh, caballeros en la suite de luna de miel están rugiendo que su comida está mal. Los puedo escuchar desde el bar."

Sally rápidamente sacó la tableta que traía bajo el brazo y pasó por su base de datos de los huéspedes. La entrada en el perfil del Sr. Nosferatu (*evidentemente un alias*) mostraba que sufrían de un desorden raro que limitaba sus opciones de comida a carne extremadamente cruda. Esta condición médica requería de transfusiones de sangre hechas en casa y cortinas que bloquearan completamente la luz debido a su alta sensibilidad a la luz del sol.

Sally se estremeció. *Qué forma tan terrible de vivir.* Pasó por sus diferentes pestañas con referencias cruzadas sobre visitas anteriores el hotel y sintió cómo se le iba la sangre de la cara. Dio clic en el audífono en su oído.

"Seguridad, bajen a la suite de luna de miel inmediatamente." Sally giró para ver a Lola. "Regresa al bar, haz lo que puedas para mantener a todos ahí y lejos de la suite de luna de miel."

La sonrisa traviesa con la que Lola respondió fue un poco aterradora. "Me encargo."

Entre más se acercaba Sally a la suite de luna de miel, más claramente escuchaba los gritos.

"¿...le llamas a esto? ¡No permitiré esta atrocidad! ¡Este es un insulto a mi amo, a mi gente, a toda nuestra comunidad inmortal!"

¿De verdad? ¿Comunidad inmortal? Estas dietas extrañas de verdad ponían de malas a las personas, Sally pensó mientras mantenía una sonrisa firme y profesional en su cara.

Giró una esquina y encontró la fuente de los gritos. Uno del séquito del Sr. Nosferatu, un bruto enorme de más de dos metros y con un cuerpo parecido al de un refrigerador, estaba caminando de un lado al otro en frente de la habitación como si estuviera a punto de atravesar las paredes congeladas. El Sr. y el otro Sr. Nosferatu, mientras tanto, estaban parados silenciosamente a los dos lados de la puerta de la suite de luna de miel, vestidos de negro; trajes negros hechos a la medida, camisas negras abotonadas, corbatas negras estrechas, con sus brazos cruzados en poses idénticas, parados tan quietos que parecían estatuas cuidando la entrada.

El gran miembro del séquito de los Nosferatu se levantaba sobre Ned, el nuevo miembro de los botones, quien estaba refugiándose contra la pared opuesta con sus brazos sobre su cabeza, tratando de protegerse.

"¿Cómo te atreves a traer algo tan indigno a tus superiores?" el enorme hombre rugió, lo suficientemente fuerte como para hacer temblar el cristal del candelabro en el techo congelado. Sally ahora estaba lo suficientemente cerca como para ver que tenía un filete de corte T-bone tan crudo que casi sangraba, pero con trozos de café en las orillas. Ned se refugió aún más en la pared, haciéndose una bola y escondiendo su cara.

"Eso es suficiente," Sally dijo. Las botas de invierno que siempre usaba en el trabajo para protegerse contra el frío provocaron un sonido fuerte y satisfactorio mientras caminaba hacia ellos. "Señores, soy la gerente aquí, Sally Witherkins. Les pido una disculpa a nombre del hotel si sus alimentos no fueron satisfactorios. Ned, espérame en mi oficina."

Ned salió corriendo tan rápido que prácticamente dejó un trazo de humo detrás de él. Por supuesto, eso dejó a Sally sola, de cara a cara con un gigante tan enojado que pequeñas gotas de saliva congeladas aún salían de su boca.

Se paró un poco más estirada, usando su profesionalismo como una armadura y se volteó para enfrentarse a los dos observadores en ropa formal.

"Por favor permítanme que el hotel pague sus alimentos y les envíe un reemplazo. También le puedo ofrecer a cada uno de ustedes una bebida en nuestro bar. Nuestra nueva mesera de barra hace cosas milagrosas."

"Así que *tú* eres la gerente," El Sr. Nosferatu del lado izquierdo de la puerta se burló. Por un segundo, Sally pensó que había visto unos largos dientes salir de su mandíbula superior, pero tenía que haber sido un truco de la luz. "He escuchado de ti."

El Sr. Nosferatu del lado derecho de la puerta asintió con la cabeza. "Sí, la que no puede ver." Sally miró de uno al otro. Si no fuera por las diferentes cejas, serían idénticos.

"Me aseguraré de que suban sus alimentos inmediatamente. Espero que su estancia sea tan placentera como sea posible."

¿Dónde está seguridad?

"Oh, sabemos cómo hacerla placentera. Secuaz, tráela."

Sally no estaba segura de cuál Sr. Nosferatu había hablado, pero el piso desapareció debajo de ella mientras unos brazos enormes la apretaron por los hombros, la levantaron y la llevaron a través de la puerta de la suite.

Sintió pánico por todo su cuerpo. Con sus brazos apretados contra su cuerpo, no había forma de que pudiera apretar el botón de su audífono. Su confiable tableta cayó al piso fuera de su alcance. Así que utilizó la única opción que tenía disponible.

Sally gritó como si la estuvieran asesinando.

Un segundo después, un rugido hizo eco desde el final del pasillo, mucho más fuerte que el rugido del secuaz.

Aparecieron rajadas en las paredes congeladas a sus lados y pequeños pedazos de cristal del candelabro se zafaron y rebotaron por el piso del pasillo.

"Suéltala si planeas mantener tus brazos, secuaz."

La voz era tan fría y grave que hizo a Sally temblar. Intentó girarse para ver quién hablaba pero el enorme cuerpo del secuaz bloqueaba su visión de todo menos de la suite de luna de miel congelada con su cama cubierta con una piel en frente de ella.

"Ben Broyles, nuestra comida no fue satisfactoria. Exigimos un reemplazo," dijo uno de los Sr. Nosferatus.

"Ella no. Ella nunca." Ben caminó hacia adelante y Sally no pudo evitar sonreír, a pesar de que su pecho le dolía por la restricción del secuaz.

Ben se veía estupendo, como siempre. Su musculatura increíble no podía ser escondida por los horribles suéteres abultados que siempre usaba, y sus escarpadas facciones escandinavas le daban a su cara una fuerza apuesta.

"Si no recogen sus ataúdes y se van a la mierda, fuera de mi hotel, en los próximos dos minutos, estarán saliendo en pedazos."

El secuaz tiró a Sally tan velozmente que ella se hubiera caído si Ben no hubiera dado un paso adelante para cacharla antes de que golpeara el piso helado. Los Nosferatus desaparecieron dentro de la suite un segundo después, cerrando la puerta fuertemente detrás de ellos. Sally podía escuchar los sonidos de cómo empacaba furiosamente aún a través de la puerta de madera.

Los brazos de Ben se sentían cálidos y seguros y Sally se recargó más profundamente en su abrazo mientras él la estabilizaba. La sostuvo durante unos latidos más de lo que era estrictamente necesario, pero Sally no se estaba quejando. *¿A qué olía? ¿A pino y helado?* Quería acurrucarse en sus brazos más tiempo para descubrirlo. Pero era su jefe.

No te acostumbres, se dijo a sí misma mientras sutilmente intentaba rozar su mejilla contra el calor de su suéter.

Finalmente la soltó y ella caminó hacia atrás apresuradamente, deteniéndose a revisar su tableta, milagrosamente intacta después de su caída en el hielo.

"Gracias por el rescate," ella dijo, su voz con un poco más de aire que lo usual. Presionó el botón de 'hablar' de su audífono. "Seguridad, son necesarios *ahora* para escoltar a nuestros huéspedes de la suite de luna de miel fuera de las premisas."

La respuesta llegó entre ruido de estática un momento después. "Atrapados en el bar por...no sé qué. Llegaremos pronto."

"¿Qué fue eso?" Seguramente había escuchado mal.

"No te preocupes por eso," Ben dijo, colocando una de sus grandes manos sobre la de Sally. "Estará bien."

"Pero..."

Los dos guardias de seguridad dieron la vuelta a la esquina un segundo después. Sus caras estaban un poco rojas y los dos comenzaron a hablar al mismo tiempo.

"Perdón, señora, intentamos llegar antes. Cada vez que salíamos del bar, la puerta llevaba de regreso hacia *adentro* del bar."

"No deberíamos haber estado en el bar en primer lugar, lo sabemos, pero Lola creó algún tipo de circuito..."

Sally levantó una mano y los dos dejaron de hablar sin terminar sus oraciones. "Hablaremos de por qué los dos dejaron sus puestos *después* de que hayan escoltado a estos huéspedes fuera de las premisas. Tengan sus pistolas paralizantes a la mano, su socio ya ha mostrado que está listo para cometer actos violentos. Estaré llenando un reporte policiaco."

"Si señora," dijeron al unísono.

Ben sostuvo su brazo para ella, invitándola a tomarlo. "Hablemos de esto en mi oficina."

Sally miró el brazo de Ben por un segundo en confusión. *Los hombres realmente ya no escoltaban a las mujeres del brazo, ¿o sí?* Pero no iba a decirle que no si esto significaba caminar cerca de él.

Mientras caminaban a través de los pasillos helados de regreso a la oficina de Ben, no pudo resistir "resbalarse" unas cuentas veces en el piso solo para recargarse un poco más sobre su cuerpo. Sabía que probablemente debería sentirse avergonzada de esas tácticas tan obvias para tocarlo, pero si esto era lo más cerca que iba a estar jamás, *los multimillonarios dueños de hoteles no salían en citas con sus gerentes con grandes curvas,* tomaría las oportunidades que pudiera.

"Déjame llenar ese reporte policiaco por ti," Ben dijo mientras sostenía la puerta de su oficina abierta. Hacía aún más frío aquí adentro que en el resto del hotel. Generalmente las oficinas administrativas eran calentadas para conveniencia del personal, pero Ben mantenía la suya poco más caliente que la temperatura de congelación. Sally cerró fuertemente su grueso abrigo más cerca de su cuello.

"Si insistes. Te puedo dar una declaración para agregar al reporte," Sally dijo.

Buscó a su alrededor el gran sillón blanco que ocasionalmente estaba colocado en diferentes lugares de la oficina. Era una de las excentricidades de Ben, como su elección por usar suéteres feos, lo cual Sally no lograba entender. A veces el sofá suave estaba ahí, a veces no estaba. Aunque generalmente estaba en la esquina junto al librero, a veces estaba colocado en los lugares más ilógicos, como detrás del escritorio de Ben o en el centro del piso. Pero esta vez, el sofá no estaba a la vista.

"Sé amable con nuestros pobres empleados de seguridad, ¿sí?" él dijo. "No muchos hombres pueden resistirse a Lola cuando ella quiere detenerlos."

"Hablaré con Lola sobre haber detenido a nuestro personal de seguridad cuando eran necesarios en sus deberes," Sally dijo. Despertó a su tableta con un toque, agregándolo a su lista de "pendientes", conversaciones con los guardias, con Lola y con el cocinero sobre ignorar las instrucciones dietéticas de los huéspedes.

"Eso será interesante," él dijo. Una esquina de la boca de Ben sonrió de una forma que simplemente rogaba por ser besada.

Sally miró hacia otro lado y de regreso a su tableta. Enfocarse en su lista de "pendientes" era mucho más razonable que pensar en esa boca.

"Lola trabaja de formas misteriosas," él continuó. "Si no me hubiera marcado por teléfono para decirme que revisara algo en el Pasillo C, no hubiera escuchado tu grito." Se recargó hacia atrás en la orilla de su escritorio, cruzando sus brazos de una forma que hacía que el horrible patrón de su suéter se ajustara alrededor de sus anchos brazos. La expresión en su cara cuando vio a Sally podía haber sido deseo, pero eso era imposible.

Lista de pendientes, lista de pendientes, lista de pendientes.

"Hablaré con Lola después de hablar con los guardias y confirmar que sacaron a nuestros huéspedes sin incidentes. Necesito revisar los detalles de esta gran conferencia de mañana. Son otro grupo con restricciones dietéticas locas y peticiones de habitaciones extrañas; quiero asegurarme de que el personal esté adecuadamente preparado."

La sonrisa de Ben se desvaneció. "Sí, haz eso. Esta delegación en particular es especial, son dra.." se tragó lo que iba a decir. "Son peligrosos cuando se irritan. Quiero que seas cuidadosa alrededor de ellos, Sally."

Sally asintió con la cabeza y caminó hacia afuera, por la puerta, antes de que hiciera algo loco como saltar a sus brazos, agarrar su trasero y empujar su lengua hasta la garganta de Ben.

La brisa fría en el pasillo fue un alivio que agradeció. Se recargó contra la pared y sintió cómo el frío la saturaba a través de su abrigo y hasta su piel demasiado caliente.

"Eres una profesional. *No* te vas a enamorar de tu jefe."

"¡Esos malditos vampiros intentaron sacarle la sangre!" la mano de Ben apretó el vaso de cerveza tan fuerte que una rajada se formó de abajo hacia arriba en el vidrio transparente. Su oso interno gruñó y él lo presionó hacia abajo antes de que causara más daños. AUDREY'S era el único bar sobrenatural en la ciudad y estaba a unas cuantas cuadras de su hotel. Que le prohibieran la entrada *apestaría*.

Ben se tomó lo último de su cerveza, su mano temblaba ligeramente al regresar el vaso a la madera manchada de la barra.

"¡Lenguaje! Tenemos hadas aquí, joven." Audrey, la dueña (de mala fama) del bar hizo un movimiento giratorio con su mano y la grieta del vaso desapareció al volver a unirse, restaurándose a un estado perfecto.

Ben miró a su alrededor para ver a dos mujeres diminutas, cada una de unos 30 centímetros de altura, cubiertas con capas de pétalos de flores viéndolo con expresiones idénticas de sorpresa.

"Lo siento," murmuró, empujando su vaso restaurado hacia la dueña de cabello escarlata para que lo rellenara.

Audrey sirvió su cerveza y chasqueó con la boca. "Ben, los vampiros podrían pasarse de la raya a veces, pero si quieres seguir atendido a todos, necesitas controlar tu temperamento."

Un gran hombre escarpado en la barra levantó su cabeza lo suficiente para gruñir en la dirección de Audrey. Ella le sirvió una bebida hecha de lodo y rayas. Ben definitivamente podía ver algo moviéndose dentro del vaso pero no hizo ningún comentario. Este era el bar AUDREY'S, algo moviéndose dentro de un vaso era mejor que algo que se arrastraba hacia *afuera* del vaso.

Necesitas estar seguro de que puedes proveer para tus huéspedes," Audrey continuó. "Nosotros, los sobrenaturales, estamos acostumbrados a defendernos por nosotros mismos, así que si no nos das las cosas, las tomamos."

Ben pasó sus dedos por su corto cabello café, jalando suavemente las puntas. *Debí haberme preparado para los vampiros. ¡Debí prepararme para todo! Estoy decepcionando a todos. Otra vez.*

Sin importar cuánta energía dedicara a construir y administrar el hotel, parecía que no podía dejar atrás su pasado. Suspiró y se tomó la mitad de su cerveza de un solo trago.

"Tienes razón, Audrey."

"Cuidado con eso, ¡esas son sus palabras favoritas!" Lola caminó a la parte de atrás de la barra, un barril lleno bajo cada brazo. Ben estaba bastante seguro de que se suponía que estaba trabajando su turno en el hotel ahora, pero no iba a sugerir que Lola no podía estar en dos lugares a la vez. No en voz alta. "No le des ideas locas que la hagan creer que tiene la razón todo el tiempo," ella dijo.

Lola dejó caer los barriles en el piso con un suspiro y recargó un codo en la parte superior pulida de la barra. Las pequeñas trenzas que rodeaban su cabeza parecían bailar alrededor de su cabeza por sí solas.

"Oh oh." Lola señaló a Ben, "¿Qué pasa con el panda triste de allá?"

"Su amiga especial casi fue devorada y se está martirizando al respecto." Audrey señaló con la cabeza una mesa vacía y un pequeño trapo apareció, limpiándola. Una vez que había limpiado el derrame de cerveza y los pedazos de galletas saladas, desapareció dejando una pequeña nube de humo.

Lola hizo sonidos de besos. "Uh, una amiga especial." Sirvió dos tragos de whiskey, tomándose uno entero y deslizando el otro a Ben. "Cuenta."

Ben sintió como una sonrisa creció en su cara, una reacción que no pudo detener cuando pensó en Sally. Su oso interno se sentó y olfateó, como si ya estuviera buscando señales de su presencia en el bar.

"En realidad, es adorable. Y brillante." Se tomó el trago, volteando el vaso sobre la barra antes de que a Lola se le ocurriera algo. Sintió como se sentó un poco más derecho pensando en Sally. Adoraba la forma en que se movía deliberadamente alrededor de los pasillos, y como siempre parecía estar en tres lugares a la vez. Escuchaba el golpe familiar de sus botas y sentía una calidez reconfortante en su pecho. Tampoco podía argumentar en contra de la forma en que sus pechos se ajustaban contra la tela de su abrigo. Las curvas de esta mujer los perseguían en sus sueños.

"¿Estás caliente por Sally, eh?" Lola dijo. Dio un golpecito con su vaso vacío contra el nudillo de Audrey. "Lo vi venir por completo, ¿no?"

"¿Qué? ¡No pudiste verlo venir!" Ben dijo. "Ni siquiera yo

me di cuenta hasta que la vi en peligro hoy. Pensé que iba a arrancarle el brazo a ese trol secuaz."

"Oh, el romance," Lola sonrió. "Si realmente le hubieras arrancado el brazo, lo hubiera agregado a mi colección de pedazos de trols." Guiñó un ojo. "Para la próxima."

Ben se rio continuando, "Sally es simplemente increíble. Es humana, no tiene una gota sobrenatural en ella, y aún así administra toda la locura del hotel sin que siquiera aumente su presión. Es tan fantásticamente inconsciente de..." Ben señaló a las personas que se transformaban en animales, brujas, hadas y otras criaturas a su alrededor en varios estados de intoxicación, "...todo esto".

Audrey sonrió orgullosamente mientras Lola resopló. "¿Ves como no interrumpí esa broma de que 'no hay nada sobrenatural en ella'? Realmente creo que he crecido como persona," Audrey dijo.

Ben no sabía si era inteligente gruñir o reírse ante la insinuación cursi de Audrey, pero decidió que probablemente era mejor ignorarla.

"¿Así que no tiene la visión? ¿Eh? Eso es suficientemente fácil de arreglar," el cambio de tema de Lola era tan sutil como su cabello. Sus trenzas rebotaron con un fervor aumentado mientras se servía otra bebida. "La habilidad del cerebro humano para ignorar todas las señales de lo sobrenatural a su alrededor protege a nuestro mundo, pero Sally trabaja en un *hotel sobrenatural.* Ha sido suficiente. Debería saber con lo que está lidiando."

Ben se encogió un poco en su silla. Un par de vaqueros habían llegado al hotel una vez con Cleo, una mujer que se transformaba en oso y una de sus más grandes inversionistas, y llevaron a un grifo bebé con ellos. Ver a Sally jugar con la bestia gigante, a la cual veía como un cachorro de perro, era lo más adorable que le había pasado a Ben en toda la semana.

Pero Lola tenía razón. El encuentro de hoy con vampiros era un crudo recordatorio de que la ceguera de Sally la podía llevar a la muerte.

"No quiero ponerla en más peligro. Somos anfitriones del maldito cónclave este fin de semana, así que cada persona que se transforma en animal, cada esfinge y cada sátiro estará enviando representantes."

El hotel iba a ser invadido por representantes de casi cada criatura sobrenatural en la región, juntándose para sacar viejas quejas y presumir su prosperidad a sus rivales.

Será una locura, Ben apretó la parte superior de su nariz.

Como si fuera para enfatizar su punto, dos hombres que estaban teniendo una pelea de brazos en la esquina súbitamente se transformaron en un lobo y un águila y comenzaron a rodar por el piso en sus formas animales. Audrey solo volteó los ojos y chasqueó sus dedos, haciendo que las mesas vacías más cercanas desaparecieran para darle más espacio a los peleadores.

"¿Qué voy a hacer?" él dijo. Necesitaba que esto saliera bien, no solo para él, sino también para sus inversionistas. Ben había heredado miles de millones de dólares de su clan, pero construir un hotel entero de hielo lo habría llevado a la quiebra si no hubiera sido por el conocimiento de negocios y las conexiones mágicas de Cleo.

Lola sonrió. "Puede ser que no tengas que hacer nada. Si va a venir todo el cónclave, podrías simplemente dejar que la naturaleza tome su curso. El cerebro humano solo puede crear cierta cantidad de justificaciones a lo que percibe. Si se inunda con suficiente mierda loca sobrenatural, ella no puede explicar..."

"¡Podría entenderlo todo!" Audrey interrumpió. "¿No sería eso perfecto para ustedes dos?"

A Ben no le gustaba la idea de abrumar a Sally o de asustarla solo para ayudarla a que administrara mejor su hotel. Ella había evadido percibir la naturaleza real del mundo de Ben durante tantos meses que se sentía cruel forzarla a ver la realidad.

"Tiene que haber otra manera," él dijo.

Lola tomó su barbilla y lo miró a los ojos, sus ojos morados de pronto serios. "Esto es lo que vas a hacer. Vas a hacer que Sally organice todo, esa mujer es una enciclopedia con pies en lo que respecta a los huéspedes, y tú vas a revisar los detalles para asegurarte de que nada fuera de lo humano sea arruinado. Tú vas a ser el anfitrión de un cónclave increíble, con el mínimo de puñaladas por la espalda y asesinatos entre los clanes."

"Está bien, pero..." comenzó a decir pero el agarre de Lola en su barbilla se apretó.

"No había terminado. Y después, terminando el cónclave, vas a tener grandes calificaciones que serán suficientes para convertir tu hotel en un gran éxito, pagándole a Cleo por su generosa inversión." Lola guiñó un ojo. "Y ya que es una voladora frecuente en este bar, espero que un poco de esa generosidad venga en mi dirección en la forma de propinas ridículamente extravagantes."

"¡Todo va a ser genial!" Audrey agregó alegremente.

Una mujer con flores que crecían de su cabello ordenó una bebida en un lenguaje que Ben no reconoció. Audrey sonrió y comenzó a servir un vaso con algo tan verde neón que parecía radioactivo. Ben se preguntó qué vería Sally si estuviera ahí. *¿Jugo de col?*

"Pero Sally..."

"Sally es fuerte, tal vez más fuerte de lo que ustedes dos

saben," Lola dijo, viendo a Audrey. Audrey sopló sobre la parte superior del contenido verde del vaso hasta que brilló y resplandeció.

Ben sabía que sus amigas tenían razón. Sally necesitaba saberlo todo. La idea lo aterraba más que la vez en que se había enfrentado a un kraken del ártico como un guerrero joven en su hogar. Antes de que todo cambiara. El recuerdo le hizo pensar en algo más en lo que había estado intentando no pensar.

"Tienes razón sobre Sally. Ella debería estar preparada para lo que viene en el cónclave. Los duende árticos van a mandar representantes."

Audrey dejó caer el vaso que tenía en la mano, rompiéndolo y esparciendo su contenido verde neón en el piso. El piso siseó y se envolvió. La mujer de las flores comenzó a llorar lágrimas de pequeños abejorros, que volaron en círculos alrededor de su cabeza.

Audrey giró un dedo y el vaso y su bebida reaparecieron en la parte de arriba de la barra. La mujer de las flores inmediatamente dejó de llorar y tomó un gran trago de la bebida. Las flores en su cabello se abrieron y cerraron simultáneamente como si estuvieran suspirando felizmente. *Sally probablemente solo veía a una mujer normal sosteniendo unas flores,* Ben pensó. Probablemente no era una buena señal que estaba comenzando a pensar en Sally en relación a prácticamente todo lo que le sucedía.

"¡Esos duendes hijos de putas!" Lola golpeó la barra con un puño.

"Esos duendes *supuestos* hijos de putas." Audrey agregó.

"Solo es supuesto porque no puedo *probar* que mataron a mi clan." Ben podía sentir como su pulso aumentaba y como las venas de su frente saltaban. "Lo que *sé* es que esos malditos obtuvieron ganancias por la muerte de mi gente."

La furia familiar pulsaba en su cráneo. La única razón por la cual no estaba tan muerto como el resto de su familia era porque había salido en un encargo de suministros cuando habían sido atacados. Su clan había vivido en esa tundra congelada por generaciones, sus viviendas de hielo cavadas en patrones hermosos y complejos a lo largo de siglos. Y un día *alguien* había inyectado gas venenoso a su campamento hasta que cada hombre, mujer y osezno se había asfixiado hasta morir con su propia sangre.

No había nada que Ben pudiera hacer para salvarlos. Después, dejó su hogar ártico y se mudó a una comunidad lejana de sobrenaturales y personas que se convertían en animales, solo para descubrir que los duendes habían comprado la tierra bajo su viejo hogar y la habían minado para obtener sus recursos, obteniendo ganancias espectaculares. Los intentos de Ben de encontrar justicia para su clan habían tenido tan poco éxito que había decidido mejor honrar su memoria con un hotel de hielo diseñado con el estilo de sus antecesores y mantenido con magia de brujas.

No es suficiente.

La mano de Ben se apretó en un puño alrededor de su vaso pero se detuvo esta vez antes de destrozarlo. *Sabía* que los duendes avaros habían matado a su clan para obtener los derechos sobre los valiosos recursos naturales bajo su campamento. Sin pruebas, cualquier intento de hacerle daño a la tribu de duendes sería razón suficiente para implementar un castigo por el mismo cónclave que tendría en su hotel.

Ben golpeó la barra de madera con su puño y Lola le siseó. La mano de Ben tembló mientras sacaba un poco de efectivo de su cartera y lo deslizaba hacia ella.

"Lo siento chicas, no estoy enojado con ustedes. Yo...yo me tengo que ir."

Al caminar fuera del bar, pudo escuchar a Audrey suspirar, "Necesita encontrar una pareja".

EL HOTEL de Hielo Wondernasium siempre había sido un tanto extraño, pero este grupo estaba en un nuevo nivel de locura, Sally pensó. Habían traído con ellos enormes pájaros que volaban bajo en círculos alrededor del techo del lobby. Viéndolos, Sally sintió una extraña sensación que le picaba, como una neblina detrás de sus ojos. Los pájaros eran exóticos y desconocidos, por un segundo Sally hasta pensó que algunos de ellos estaban cubiertos de escamas, pero asumió que eso era *imposible* y la sensación de neblina desapareció.

Sally amaba la emoción de trabajar en el hotel, pero el continuo asalto de cosas extrañas del día de hoy comenzaba a darle un dolor de cabeza.

Hubo un momento en el que podía haber jurado que uno de los huéspedes lanzó fuego desde su boca a otro huésped, quien detuvo a tiempo la bola de fuego al cacharla en sus manos. *Imposible.* Debían haber estado lanzando pelotas rojas a través de su lobby. Seguramente romperían algo. *Sí, tenía que ser eso.* También explicaba el miedo visceral que la había invadido cuando la pelota roja había volado a través del aire a unos pocos metros de su cara. El calor era solo algo que había imaginado.

"¿Sally? ¿Estás bien, cariño?" Lola tocó su brazo y Sally saltó. No había escuchado a la mujer acercarse. *¿Se estaban moviendo las* trenzas *de Lola?* Seguramente no. El dolor de cabeza estaba empeorando.

"Sí, estoy bien. Creo que solo necesito un segundo para descansar mis ojos. Seguramente no dormí bien anoche"

Lola asintió con la cabeza seriamente. "Seguro que es eso. ¿Por qué no te tomas un descanso en la oficina de Ben? Nadie te buscará ahí."

Sally se sintió asentir con la cabeza en acuerdo y ser llevada hasta la puerta de Ben antes de tener tiempo de pensar en lo que Lola había dicho. Algo que sonaba como el llamado de un ave combinado con el rugido de un león hizo eco desde su lobby pero Sally no volteó. *Debe haber algo mal con las tuberías.* Las tuberías hacían sonidos extraños a veces.

"Lo siento mucho, linda. Estos nuevos huéspedes realmente son mucho trabajo, ¿no?" Lola dijo, dando palmadas sobre el hombro de Sally de una forma que se hubiera sentido mucho más reconfortante si Lola no lo hubiera hecho con tanta fuerza.

"¿Qué?" Sally preguntó

"No te preocupes por eso, cariño. Sólo tómate un descanso, tal vez estírate en ese lindo, eh, sofá, y te sentirás mejor." Lola casi empujó a Sally hacia la oficina y cerró la puerta.

El dolor de cabeza de Sally pulsaba mientras se dejó hundirse en el sofá. *Tal vez Lola tenía un punto.* Toda la habitación parecía estar nadando detrás de una cortina de neblina. *Agregar a la lista de pendientes: pedir una cita con un médico para revisar una posible contusión cerebral.*

Sally estaba agradecida de que el sofá casualmente estuviera en la oficina de Ben hoy. Cerró sus ojos, acostándose contra los suaves cojines del sillón. Se sentía con más bultos de lo que parecía, lleno de orillas extrañas y montes duros debajo de la suave tela. Ajustó su asiento, cambiando su peso e intentando encontrar una posición más cómoda.

Algo gruñó debajo de ella y ella se volvió a mover, esperando no estar lastimando la estructura del sofá. No era una carga ligera. Con esos largos horarios cuidando el hotel, no podía ir al gimnasio tan seguido como le gustaba, y su cocinera de banquetes, la Chef Casey, siempre le llevaba postres de zarpas de oso fritas con extra cobertura de chocolate que eran demasiado fabulosas como para resistirse. *Tal vez no debí haberme comido esa tercera.*

Sally finalmente encontró una posición cómoda y se hundió aún más profundamente en la suavidad del sofá. Lo que necesitaba era algo que la distrajera de pensar en cómo su cabeza pulsaba. Respiró profundamente, oliendo el aroma deliciosamente incongruente de pino y helado de Ben que saturaba su oficina. Era casi como acostarse en sus brazos.

La fantasía era demasiado buena para resistirse. Los fuertes brazos de Ben levantándola del piso. Ben recargándola hacia atrás sobre su amplio escritorio y desabrochando su camisa. Las manos de Ben sobre sus pechos, molestando sus pezones hasta que se pararan como pequeñas cimas de montañas. Ben quitándose su horrible suéter, hermosamente desnudo debajo de él. Sus manos sobre su piel, sus dedos subiendo lentamente por debajo de su falda, moviendo de lado su ropa interior. Ben desabrochando el cierre de sus pantalones...

La humedad entre sus piernas era real y Sally se retorció en el sofá, intentando crear más fricción.

Ben abriendo sus piernas aún más, inclinándose hacia adelante para besar la parte interior de su muslo, mordiendo suavemente su delicada piel, lamiendo hacia su centro mojado y caliente.

"Mmm, sí, así," ella murmuró en voz alta.

¿Era su imaginación o el sofá se estaba *moviendo*?

Sally chilló y cayó al piso mientras el sofá se estiraba, la superficie peluda moviéndose de forma ondulada hacia atrás, una piel bronceada emergía sobre los músculos, sentándose, transformándose en Ben. Un Ben *muy desnudo,* digno de un sueño. *Santa mierda.* Sus ojos se veían salvajes y cayó sobre sus rodillas a lado de Sally, sobre el tapete. Antes de que ella pudiera pensar en una explicación racional sobre cómo un gran sofá con bultos se había convertido de alguna forma en su jefe, las manos de Ben estaban tomando su cara.

"Lo siento tanto, Sally, pero no pude resistirme más," él dijo. Sus dedos se sentían tan cálidos y reales en su cara.

Su dolor de cabeza había regresado, martillando como un cañón detrás de sus ojos. Las luces arriba se apagaron y se encendieron. El pecho desnudo de Ben era perfecto, una fantasía hecha realidad.

¡Ben era un sillón!

La visión nublada del cuarto estaba brillando y de pronto se rompió en pedazos. Salieron chispas de la parte de atrás de la computadora y una fuerte estática salió de las bocinas. Los dedos de Ben trazaron el lado de su barbilla mientras se inclinaba acercándose.

No, Ben no era un sillón.

La cara de Ben estaba tan cerca que podía sentir su respiración contra sus labios. Cada nervio en su cuerpo quería estirarse, hundirse en su abrazo. Las luces volvieron a apagarse y prenderse y le pareció escuchar cómo se prendió una alarma afuera, en el pasillo.

Ben nunca había sido un sillón.

"Eres un oso polar," dijo en voz alta. "Puedes transformarte en un oso polar."

"Sally..."

Era demasiado, todo era demasiado. Él. El mundo.

¿Qué le había dicho el hombre loco? ¿Que era famosa por no poder ver? Sally podía verlo todo ahora. Cada recuerdo de los últimos seis meses en el hotel la inundó al mismo tiempo, con nuevos ojos.

Había dragones en el lobby lanzándose fuego unos a los otros.

Se habían registrado unos duendes más temprano esa tarde para una conferencia.

Unos vampiros y su monstruoso secuaz la habían amenazado esta mañana.

La semana pasada, unas personas que se transformaban en tigres habían estado apareándose en el pasillo y les había lanzado agua pensando que eran un par de gatos callejeros.

"Sally, habla conmigo. Puedo explicarlo," Ben dijo.

Todo lo que conozco del mundo está mal.

"Tengo que irme."

Sally salió corriendo de la oficina.

"¡MIERDA! ¡MIERDA CHICAS, MIERDA!" Ben estaba respirando rápidamente mientras entró agresivamente por las dobles puertas de madera de AUDREY'S.

"¿Por qué todo mundo nos habla así?" Audrey estaba limpiando un vaso de cerveza mojado con una sonrisa en su cara. El bar estaba casi vacío a esa hora temprana de la tarde, aunque un par de hombres grandes con tatuajes de clubes de motocicletas de dragones estaban tomando unas cervezas en la parte de atrás.

"Como que me gusta. Suena pegajoso." Lola lanzó un vaso limpio sobre su hombro y este cayó perfectamente en una pirámide de vasos detrás de ella. "¿Qué pasa calabaza?"

"Ella sabe. Sally sabe." Ben intentó recuperar el aliento, acercando un banco de la barra a donde las mujeres estaban paradas. Sabía que no debía estar aquí. Debía estar en el hotel ayudando al personal a mantener en línea a todos los huéspedes y a terminar la logística del cónclave. Pero no podía pensar en nada más que en la expresión de terror en la cara de Sally. "Me vio transformarme y *no* lo tomó bien."

"Oh cariño, ¿tal vez no fue tan malo? Define 'no lo tomó bien' para mí." Audrey recogió su largo cabello rojo en una cola de caballo. Lola dejó de limpiar para acercarse y pararse a lado de Audrey, prestando su completa atención a Ben.

"Se asustó y tembló. Gritó y salió corriendo." Ben golpeó la barra con su puño. "¡Maldita sea! Estaba bien hasta que todos los electrónicos hicieron un cortocircuito."

Lola y Audrey se quedaron congeladas. La cerveza que Audrey había estado sirviendo llenó el vaso y siguió cayendo hacia el piso. Ninguna mujer pareció darse cuenta. Viendo como Audrey no se daba cuenta de que estaba desperdiciando alcohol hizo que una sensación de miedo recorriera la espina dorsal de Ben.

"¿Electrónicos?" Audrey escupió. "Cuéntame los detalles."

Ben se inclinó hacia adelante y cerró la llave de la cerveza, deteniendo el flujo. Lola le sonrió crudamente.

"Me transformé y se volvió loca. Y después las luces comenzaron a apagarse y prenderse, las alarmas de algunas de las habitaciones de huéspedes se dispararon al mismo tiempo, y mi computadora se volvió completamente loca." Miró de Audrey a Lola, sin encontrar confort en sus expresiones. "Pero eso no tiene nada que ver con Sally, ¿cierto?"

"Interesante." Lola sonrió.

"Mucho." Audrey sacó un viejo libro empastado con piel desde atrás de la caja registradora con las palabras "Guía del mesero de barra" realzadas sobre la enorme cubierta. Pasó por las páginas, tarareando un poco para sí misma. "Veamos lo que Abu tiene que decir al respecto..." Audrey mordió su labio un poco mientras se concentraba.

"¿Alguna vez conociste a la abuela de Audrey?" Lola le preguntó a Ben mientras Audrey revisaba las páginas. "Ella manejaba el bar, en sus tiempo, una señora pequeñita y vieja, sucia como el infierno," ella suspiró. "Sabes, nombró a este lugar AUDREY'S antes de que Audrey siquiera naciera. Demonios, extraño a esa vieja loca."

Ben cambió su peso sobre su banco. "¿Qué tiene que ver esto con Sally?"

"Bueno, hace muchos años, Abu le sirvió a un rougarou una bebida llameante en lugar de llevársela al genio al que se suponía que debía servírselo." Lola se rió suavemente con una expresión distante. *¿Cuántos años tiene Lola?* Ben se preguntó. Sabía que era mejor no preguntar.

"Eso *no* resultó bien," Lola continuó. "La maldita cosa casi destruyó el bar, ladrillo por ladrillo. Así que Abu escribió la "Guía del mesero de barra". Un hombre chaparro de cabello rojo se acercó a la barra y ella le sirvió un whiskey antes de que siquiera lo pidiera. "Divide a todos los sobrenaturales por especies y clanes, con una lista de lo que les gusta, lo que los mataría, bla, bla."

"Entonces, ¿qué es Sally?" Ben dijo, comenzando a perder la calma. A unas cuantas cuadras, su hotel probablemente estaba más allá del caos si él o Sally no estaban ahí. Necesitaba *arreglar* esto. Si decepcionaba a Sally como había decepcionada a su clan, nunca podría arreglar las cosas.

Audrey dejó caer el libro con fuerza. "No hay *nada* aquí que suene como a Sally. No es un pájaro del trueno, no es un raiju, *evidentemente* no es un kitsune."

"Bibidi babidi bu, ¿qué más podría ser?" Lola le pegó

suavemente con una toalla mojada de la barra a Audrey. "Piénsalo."

"Santa mierda, ¡tiene que ser una bruja!" Audrey chilló. "Uy, debe venir de alguna reserva poderosa para tener ese tipo de efecto sin entrenamiento. ¿Crees que lo sepa?"

"Estaba sorprendida y asustada y simplemente...aterrada. Dudo que tenga idea," Ben dijo. ¿Sally era una *bruja*?

Las notas de apertura de la canción "Ice Ice Baby" sonaron desde el teléfono de Ben. Miró el registro del número que llamaba. Ned, el botones. Aparentemente Ben no había contestado otras dos llamadas en los últimos diez minutos. *Mierda.*

"Dime que es la versión de Bowie." Lola dijo suspirando.

"Creo que los dos sabemos que no lo es," Ben dijo. "Chicas, tengo que irme. Avísenme si tienen cualquier otra idea sobre cómo ayudar a Sally."

Audrey y Lola se miraron pensativamente, pero Ben no tenía tiempo para esperar y saber qué decidían. Audrey era una bruja poderosa y Lola era...lo que fuera que Lola era. Tenía que confiar en que encontrarían la forma de ayudar.

En su corta carrera de regreso al hotel desde AUDREY'S, se había imaginado media docena de catástrofes que podrían haber inspirado a su botones a llamarlo tres veces seguidas. Cada escenario era una pesadilla peor que el siguiente. La mayoría de ellas involucraban al hotel derritiéndose, a los duendes inyectando gas venenoso a través de los pasillos o a Sally decidiendo que no quería lidiar con su mundo y renunciando.

Ben abrió las puertas dobles del lobby y se detuvo. Docenas de sobrenaturales de todo tipo armaban un bullicio a su alrededor, gritando, haciendo gestos y, en un caso, intentando meter una gran cabra en una pequeña maleta. La cabra no parecía estar de acuerdo.

Los tres miembros del personal detrás de la recepción estaban escribiendo furiosamente en sus teclados, tomando llamadas telefónicas mientras registraban a los huéspedes y lidiaban con sus quejas. Algunas de las personas que se transformaban en dragones más pequeños estaban volando en círculos lentos sobre la multitud, ocasionalmente lanzando bolas de fuego del tamaño de monedas a los que estaban abajo. Una de las bolas de fuego casi le pegó a una mujer que se transformaba en oso grizzli en el hombro y la gran mujer rugió, sacando sus garras por debajo de sus uñas. *Mierda mierda mierda.*

Ben nunca había extrañado a Sally tanto.

"¡Todos! ¿Puedo tener su atención por favor?" Su tono autoritario era sorprendentemente efectivo y un silencio cubrió el espacio. *Aún lo tengo.* "Quien tenga una queja, por favor vea al caballero del lado derecho del mostrador. Si se van a registrar, por favor hagan una fila recta a la izquierda. Los demás, les recomiendo que disfruten de nuestro bar." Silenciosamente rezó para que los otros meseros del bar pudieran lidiar con esta multitud en ausencia de Lola.

Justo cuando todos parecían estarse moviendo en la dirección correcta, su teléfono volvió a sonar.

"¿Qué pasa?" Ben gruñó al teléfono.

"¡Señor!" Era Ned, su voz sonaba muy aguda y alarmada por teléfono. "Estoy en el tercer piso, tiene que ver..."

Ben ya se estaba moviendo, subió corriendo las escaleras hasta el tercer piso y pudo escuchar gritos más adelante. La luz se reflejaba de manera extraña sobre las paredes de hielo y un olor extraño llenó sus fosas nasales.

¡Fuego! Ben corrió hacia el olor, su respiración pesada mientras el pasillo se llenaba más y más de humo.

Lola había regresado de AUDREY'S y ya estaba en la

habitación, intentando calmar a la furiosa ifrit que aparentemente había comenzado el pequeño fuego en su angustia.

Ned parecía estar teniendo una crisis mental, hiperventilándose en la esquina.

Inútil, Ben rugió. Extrañaba a Sally.

La ifrit estaba sollozando, sus enormes alas apretadas contra su cuerpo y llamas saliendo de ella con cada temblor de sus hombros. Lola se agachó antes de que una de las llamas llegara a su cara. Uno de los vestidores de madera ya estaba reducido a cenizas y trazos de quemaduras marcaban las paredes y el techo. Un vaso verde brillante rodó sobre el piso bajo los pies de la ifrit, la huella una mano quemada en negro en uno de sus lados.

Mierda. Ben tomó un extinguidor de su lugar en el pasillo y lo apuntó hacia la base del fuego, escupiendo un polvo químico por toda la habitación. El fuego cedió con un siseo resignado y Ben rápidamente abrió la ventana para intentar sacar el humo de la habitación.

"Algún idiota puso un vaso encantado en la habitación de esta pobre ifrit," Lola usó una esquina de las sábanas dañadas para agarrar el vaso del piso. "¡Todo mundo sabe que la magia daña a las ifrits!" Señaló a las paredes de la habitación que se derretían y a las sábanas quemadas. "¡No puedes ser tan descuidado!"

Ben tomó el vaso de la mano de Lola. "Dudo que esto haya sido dejado aquí por algún trabajador del hotel." El fuego había consumido la habitación y había derretido un gran hoyo en el techo, dándoles la vista de la habitación de arriba. *Esas son dos habitaciones que no podemos usar.* Ben exhaló. Lola y él intercambiaron miradas. La expresión de Lola, una combinación de preocupación y enojo, era igual a la suya.

"Tiene que ser sabotaje," él dijo y ella asintió con la cabeza.

"Y tú sabes quién puede ganar más al desacreditarte," Lola dijo gravemente.

Ben no necesitaba decirlo. *Duendes.* Después de lo que le hicieron a su familia, por supuesto que querrían arruinar el cónclave.

Sally entró corriendo a la habitación, sin aire. Ben sintió el calor familiar en su pecho cuando la vio. Su oso interno giró felizmente.

"Ned me llamó..." Ella presionó sus palmas sobre sus rodillas, recuperando su aliento mientras señalaba a la habitación. "Sobre todo esto. ¿Todos están bien?"

Debía venir directo de su casa; traía puesta ropa casual sin todas las capas de abrigos que Ben estaba acostumbrado a ver en ella. Sin ellas, podía ver mejor sus amplias curvas y se arrepintió de no tener el tiempo suficiente para apreciar por completo lo que veía.

Lola interrumpió a Ben antes de que pudiera hablar y tomó a Sally por el brazo. "Tú vendrás conmigo. Audrey y yo tenemos mucho que enseñarte." Lola la jaló hacia la puerta pero Sally no se movió.

"Enseñarme... ¿qué?" Sally se paró, finalmente pudiendo respirar normalmente. "No me puedo ir. Tengo que quedarme aquí para encargarme de..." Su mirada se posó un segundo en Ben, pero miró hacia otro lado en cuando hicieron contacto visual. Una luz detrás de ella parpadeó.

Sus mejillas y su pecho se sonrojaron como una alberca rosada. Él esperaba que ella estuviera pensando lo mismo que él: en cuando casi se habían besado en su oficina. Pero ella tenía que conocer sobre un mundo entero y él tenía una catástrofe en sus manos.

"Ve." La voz de Ben salió más suave de lo que esperaba.

"Yo me puedo encargar de las cosas aquí. Ellas te pueden ayudar."

Él dio un paso hacia adelante para acomodar un mechón suelto de cabello detrás de la oreja de Sally. Sus ojos se fijaron en los de ella y el resto de la habitación desapareció. La mirada de Sally lo atrajo aún más cerca hasta que él podía sentir como su pecho se levantaba y caía contra el suyo. Quería tomar su cara con sus manos y levantar sus labios a los suyos, devorando su suavidad hasta que todos los problemas a su alrededor desaparecieran y solo existieran ellos dos.

Él lamió sus labios y la respiración de Sally aumentó, los ojos de Sally veían la boca de Ben. *¿Era posible que ella sintiera lo mismo?*

"¿Señor?" Ned se había despegado de la esquina y se acercó.

Ante la voz de Ned, Sally dio un paso hacia atrás, alejándose de Ben rápidamente como si estuviera saliendo de un encanto y Ben se resistió a su instinto de transformarse en oso y arrancarle de una mordida la cabeza al hombre por interrumpir.

"¿Qué quiere hacer respecto a la habitación?" Ned preguntó, su voz tan suave que Ben estaba agradecido por su aguda audición sobrenatural.

Sally comenzó a responder, pero Lola agarró su brazo y la arrastró fuera de la habitación.

"Ben se encarga," Lola dijo antes de que las dos desaparecieran por el pasillo. El oso de Ben aulló en frustración y deseo.

"Encuentra una habitación nueva para nuestra huésped de aquí y para quienes se están hospedando arriba. Dales una habitación mejor a ambos," dijo, sonando más agresivo de lo que deseaba. "Yo lidiaré con los imbéciles que hicieron esto."

Se dio la vuelta y caminó por el pasillo, dejando la confusión y el caos detrás. Ben estaba cansado de tratar de mantener a todos los huéspedes felices, especialmente a los duendes asesinos que olían mal. Revisó el directorio de clientes en su teléfono mientras caminaba y dio un clic triunfante. Los duendes bastardos ya se habían registrado y habían programado pasar tiempo en las fuentes termales del spa. Su habitación estaría vacía durante la siguiente hora.

Esta es una idea terrible. El lado lógico de la mente de Ben le gritó mientras él se encaminaba a la habitación de los duendes. *Seguro te van a atrapar.* La voz lógica siguió hablando mientras deslizó su llave maestra en el seguro de la puerta. *No dejarían evidencia de un asesinato masivo por ahí nada más.*

Esto no se trataba de lo que fuera lógico. Esto se trataba de su familia.

De acuerdo con los registros, los duendes se habían registrado solo una hora antes. Viendo a su alrededor, Ben no podría imaginarse cómo los duendes habían podido causar tantos daños en tan poco tiempo. La habitación se veía como si los duendes hubieran pateado su equipaje por todos lados y después hubieran tenido una pelea con la ropa. Había pedazos de papel y comida en el piso. Las pequeñas mesas estaban volteadas de cabeza y una estaba hecha pedacitos y la televisión zumbaba fuertemente con una gran grieta a la mitad de la pantalla.

"Fantástico," Ben se murmuró a sí mismo mientras buscaba cautelosamente entre los montones de ropa y envolturas de dulces vacías, intentando no mover mucho del desorden. Sus dedos tocaron algo duro de plástico y lo sacó del montón en donde estaba atrapado, entre una jaula y una bolsa de más de dos kilos de cacahuates.

¡Una computadora portátil! Si los duendes habían comprado o intercambiado el veneno el al ártico, probablemente habían necesitado contactar a su fuente de forma digital. Si Ben pudiera simplemente encontrar algo que conectara a los duendes con esa compra, finalmente tendría la evidencia que necesitaba para probar que los duendes habían cometido genocidio. Su respiración se detuvo y prendió la computadora.

"No, ¡desliza la llave hacia el *otro* lado!" Una voz desesperada sonó en el pasillo.

Mierda, ¡regresaron antes! Ben dejó caer la computadora de regreso sobre los cacahuates y salió por la ventana, transformando sus dedos en garras de oso para poder agarrarse de la pared de hielo del hotel.

Una ráfaga de viento lo amenazó con hacerlo perder su frágil agarre y enviarlo cayendo tres pisos hasta el piso. Sus zapatos de vestir patearon y se resbalaron contra la pared y sus bíceps comenzaron a temblar ante el cansancio. Las décadas de experiencia de subir y bajar glaciares y capas de hielo lo mantuvieron fijo en la pared, aún cuando sus músculos gritaron por lo mal que los estaba tratando.

Del otro lado del camino, solo podía imaginarse lo que los turistas en los juegos mecánicos del parque temático Invierno Wondernasium pensarían que estaba haciendo. *Nada que ver aquí, solo un multimillonario en la pared.* Ben lentamente fue bajando con sus garras los casi 10 metros hasta que llegó al piso.

Respiró profundamente mientras su oso interno se movió y giró en frustración.

¡Maldita sea! Estuve tan cerca. Ben pateó el costado del

edificio y aulló, sosteniendo su pie mientras sus dedos pulsaban con el dolor del golpe.

S<small>ALLY NO SABÍA</small> qué era lo que estaba sucediendo pero estaba 99% segura de que iba a terminar mal.

"Lo que tienes que entender es que la magia es más arte que ciencia," Audrey le explicó mientras Lola colocaba una serie de barriles, botellas vacías y luces navideñas alrededor del pequeño terreno con pasto entre el estacionamiento de AUDREY'S y el bosque detrás del bar. Si las marcas de garras y basura eran indicativos de algo, era un basurero común para los clientes sobrenaturales del bar.

Sally había ido a AUDREY'S un par de veces antes pero nunca cuando realmente hubiera podido percibir a las diferentes criaturas bebiendo cocteles que parecían estar creciendo y brillando alternantemente. Casi gritó al ver al trol succionando lo que parecía ser un tazón de ojos antes de que Lola y Audrey la dirigieran hacia la parte de atrás y hacia afuera.

"No sé de qué hablan. No soy mágica. Soy la gerente de un hotel," Sally dijo, cambiando su peso incómodamente.

Lola caminó de regreso hacia ellas y sacó un foco de su bolsa trasera. "Sería mejor que nos ahorraras a todas un poco de tiempo y simplemente lo aceptaras." Colocó el foco en la mano de Sally y se prendió tan brillante que tuvieron que cerrar un poco los ojos para ver. Lola se colocó los lentes de sol que había sacado de la nada, se inclinó cerca de la oreja de Sally y le dijo en una voz grave y tosca. "Eres una bruja, Sally."

Sally dejó caer el foco y este se apagó en el segundo en

que dejó su mano. Audrey movió sus dedos antes de que el foco se estrellara en el piso y se desvaneciera.

"Aún no entiendo. ¿Cómo es posible que *yo* sea una bruja?" Seguramente esto era algo que hubiera notado antes de este momento. Hasta esta mañana, hubiera dicho que la magia era algo que ni siquiera *existía.*

Todo era tan extraño, tan *imposible,* pero Sally no podría negar lo que había visto. Ni siquiera estaba segura de que quería negarlo. Su jefe era un oso, había interactuado con dragones *reales* y había un hada en el bar. Una *maldita hada.* *El mundo* era mucho más maravilloso de lo que se había imaginado.

"La magia es hereditaria," Audrey dijo, llevando a Sally a sentarse sobre un barril. La extraña pista de obstáculos de Lola con focos, tostadoras oxidadas, luces navideñas colgantes y viejos teléfonos estaba preparada en frente de ellas, poniendo cada vez más nerviosa a Sally.

Lola murmuró algo sobre revisar si las bebidas ya estaban hirviendo y trotó de regresó al bar. Sally dejó salir el aire que no se había dado cuenta que estaba aguantando y se dejó hundirse un poco más en su barril. Lola siempre había sido un poco aterradora, pero con la nueva percepción sobrenatural de Sally, estar en el mismo espacio que Lola era como estar parada junto a un huracán.

"¿Alguna vez hablaron contigo tus padres sobre la magia?" Audrey preguntó, obteniendo de nuevo la atención de Sally.

"Fui adoptada," Sally dijo.

"Mmm, eso hace que las cosas sean un poco más complicadas," Audrey tomó la mano de Sally y la sostuvo entre las suyas. "Por lo que he escuchado de los fuegos artificiales que causaste en la oficina de Ben, ya tengo una idea muy buena de con qué estamos trabajando."

Sally sintió como sus mejillas se sonrojaban al recordar lo que casi había sucedido con Ben. De reojo, vio como las luces navideñas a lo largo de la reja comenzaron a parpadear y brillar.

Qué demonios...

"Interesante," Audrey dijo viendo a su alrededor. "¿En qué pensabas justo en ese momento?"

"Nada," Sally dijo rápidamente. Las luces se apagaron como si alguien las hubiera desconectado. "Solo me preguntaba sobre ser una bruja y eso. ¿Cómo es posible que nunca lo haya sabido? Tengo 28 años, ¿por qué nunca había salido a la luz?"

Audrey soltó la mano de Sally y comenzó a caminar de un lado a otro en frente de ella, sus uñas rojas golpeteando contra su barbilla. "Podrían ser muchas cosas. Un trauma infantil lo puede bloquear, o puede ser suprimido por problemas de control. La habilidad podría haber permanecido latente por generaciones, solo esperando un detonante. También podría ser simplemente que tus habilidades son tan especializadas que tu cerebro no estaba listo para tener acceso a ellas aún."

"¿Se supone que algo de esto debe hacer sentido?" Sally preguntó, levantándose y tomando un foco de la pila más cercana. Nada sucedió.

"La magia puede ser estar un poco jodida e impredecible. Los aspectos técnicos del *por qué* en realidad no importan en este punto. Si tuviera que adivinar, por lo que he visto hasta ahora, eres una bruja de rayo."

"¿Soy *qué*?" Sally dejó el foco, viendo nerviosamente al cielo.

"Solían llamarse a sí mismas *llamas* en los viejos tiempos. 'Bruja de rayo' básicamente significa que tu línea hereditaria puede manipular las señales eléctricas.

Antiguamente se hubiera manifestado de forma que pudieras controlar los rayos," el caminar de Audrey aumentó en velocidad mientras se iba acercando al tema. "Ahora en día, es más sobre electricidad y computadoras. No he conocido a una en años. Si te pusieron en adopción, es probable que tu familia adoptiva ni siquiera supiera lo que eres."

Sally levantó el foco y jugó con él distraídamente, haciendo girar el cristal frío por su mano. La suavidad se sentía bien contra su palma. No estaba segura sobre lo que pensaba respecto a toda esta nueva información sobre su familia biológica. Sus padres adoptivos vivían a unos estados de distancia y hablaba con ellos por teléfono cada semana. Eran personas amorosas y buenas y nunca había sentido nada más que una curiosidad temporal sobre su familia biológica. Nunca se habían sentido como personas relevantes. Desde la profundidad del vidrio, los filamentos brillaron un poco.

"¿Entonces, qué eres tú?" Sally preguntó, colocando de regreso el foco rápidamente. Aún la asustaba un poco.

Audrey sonrió y extendió sus brazos. "Soy una generalista. Hago un poco de todo pero no hago mucho de nada. Las brujas a son generalistas o especialistas, ayuda a mantener sus poderes balanceados."

"Supongo que eso tiene sentido," Sally dijo.

"Pero suficiente sobre la clase de Introducción a las Brujas. Hora de practicar un poco," Audrey jaló a Sally para que se pusiera de pie y señaló a los barriles. "Empezaremos con cosas pequeñas. ¿Ves todas esas luces navideñas? Quiero que las prendas como lo hiciste hace un minuto."

"No sé cómo," Sally dijo, cerrando un poco los ojos viendo los focos y deseando que brillaran.

"En la magia, se trata de lo que *sientes*," Audrey dijo,

llevando a Sally por los hombros hasta que estuvo parada a la mitad de la pista de obstáculos. "El destino y la necesidad ayudan un poco."

"Genial," Sally murmuró.

Enciéndanse, pensó para los focos, intentando recordar lo que había estado diciendo cuando empezaron a brillar antes.

"¡Luz!" gritó, lanzando sus manos hacia adelante como si el poder fuera a salir disparado de las puntas de sus dedos. Giró en círculos, gritando, intentando convencerlos de comenzar a brillar.

"¡Brillen!" Nada.

"¡Despierten!" Nop.

"¡Ilumínense!" Una de las luces parecía estar brillando ligeramente pero se apagó en cuanto Sally la levantó.

"¡Maldita sea!"

Audrey tomó las manos de Sally y gentilmente le quitó el foco antes de que Sally pudiera lanzarlo a través del terreno.

"Bueno, obviamente esto no está funcionando. Necesitamos probar con algo más. Deja de intentarlo tan fuerte. Cierra tus ojos, no pienses en los focos." Sally exhaló y accedió, cerrando sus ojos e intentando relajar sus hombros. "Así es, solo respira. Piensa en tu pasatiempos favorito, ¿cuál es?"

Sally cambió su peso. "No tengo muchos pasatiempos. Me gusta trabajar en la computadora, supongo. Creo bases de datos para familiares y amigos a veces. Hago un poco de programación también, intento aprender algunos lenguajes." Sally abrió sus ojos un momento para ver si había alguna reacción en los focos, pero estaban tan inertes como antes.

"Mmm," Sally dijo. "¿Cuéntame sobre tu recuerdo favorito?"

Sally desechó su primer pensamiento. Era demasiado vergonzoso. Así que siguió con su segundo pensamiento. "Tuve una fiesta de cumpleaños muy divertida..."

"¡No! ¿Qué fue lo primero en lo que pensaste?" La voz de Audrey sonaba tan urgente, Sally abrió los ojos. La mujer se veía realmente emocionada, pero las luces no estaban brillando. "Cuéntame." Insistió.

"Mmm, estaba pensando en esta mañana, cuando Ben me besó en la oficina..." La voz de Sally se desvaneció mientras uno a uno, los focos a su alrededor comenzaron a brillar. Era como estar rodeada de cien estrellas en llamas. "Oh Dios."

Audrey tomó su mano. "Sigue pensando en Ben. ¿Qué te gusta de él? ¿Cuáles son tus recuerdos favoritos de él?"

Sally miró a los focos brillantes a su alrededor, pensando en la forma en que Ben pasaba sus manos a través de su cabello todo el tiempo de forma que nunca se viera peinado pero aún así se viera increíble. Hasta sus suéteres eran del tipo feo que solo las abuelas podían imponer, él hacía que se vieran adorables.

Se intensificó el brillo de los focos.

Ella sonrió y se lo imaginó en las reuniones de las mañanas, callado al fondo del cuarto, dejándola llevar el control y sonriendo de forma alentadora y respetuosa.

El brillo se intensificó de nuevo.

Y la forma en que su piel desnuda se había sentido contra sus manos. Quería que las manos de Ben estuvieran por todo su cuerpo, presionándose contra sus curvas y dando un masaje a sus pechos. Quería que la aventara contra la pared y pasara sus dedos sobre su clítoris y que mordiera su cuello al mismo tiempo.

Las luces explotaron.

Audrey levantó una mano y los pedazos se detuvieron

repentinamente como si le hubieran pegado a una pared invisible.

"Parece que encontramos tu detonador," Audrey se rió.

Sally se tropezó hacia atrás hasta que se volvió a sentar en el barril vacío. El terreno estaba lleno de basura de los vidrios rotos y de bases metálicas de focos.

"¿Yo hice todo eso?" susurró.

Audrey se acercó. "No te preocupes por eso, cariño. Solo necesitas aprender a controlar. Prueba esto." Le dio uno de los teléfonos que se abrían y cerraban.

"No entiendo. ¿Acabo de destruir cien focos y ahora quieres que descomponga un teléfono también?"

"Quiero que probemos una teoría. Ya eres buena con las computadoras, y eres una bruja de rayo. Tienes el poder de hacer mucho más que hacer brillar unos tontos focos. Enfocándote un poco más, te sorprenderá lo que puedes hacer. Dime quién fue la última persona que llamó a este teléfono."

Sally abrió el teléfono y bajó por el menú del historial de llamadas pero estaba en blanco. Lo sostuvo ante Audrey haciendo una pregunta silenciosa.

"La memoria de este teléfono fue borrada, pero la información nunca se destruye por completo, tú lo sabes. Enfoca tu poder y *mira* dentro del teléfono, encuentra la información," Audrey dijo, sonriéndole.

Sally frunció el ceño y se quedó viendo fijamente al teléfono. Nada sucedió. Y después pensó en Ben: en la forma en que se sentó cuando la había entrevistado la primera vez para su trabajo, la pose de confianza que tenía, y la calidez que Sally había sentido en su pecho cuando escuchó como resonaba gravemente su voz.

Por un segundo, le pareció que podía ver algo, un tipo de web, números y palabras todas brillando en el aire frente a ella, como una pantalla invisible de información brillante. Comenzó a desvanecerse y Sally se concentró en el recuerdo de Ben desnudo en su oficina, caminando hacia ella, las manos de Ben sobre su cara. La información del teléfono se solidifico en el ojo de su mente como un monitor con pantalla de vidrio frente a ella. Recordó la sensación de las manos de Ben mientras trazaba la programación del chip de memoria y la extensión limitada de la limpieza de datos. Sólo tenía que superar este bloqueo...

La fantasía se desplegó casi más allá de su voluntad. Los labios de Ben sobre los suyos, sus manos sobre su trasero, envolviendo sus piernas alrededor de las caderas de Ben, arqueándose hacia atrás de forma que la boca de Ben se sujetara alrededor de su pezón desnudo. El sonido del gemido de Ben mientras la punta de su miembro encontraba la apertura cálida y mojada de su vulva.

El teléfono explotó y Sally lo dejó caer y saltó alejándose antes de que los pedazos calientes quemaran su chamarra.

"Lo siento, Audrey, casi lo tenía pero entonces..."

"Lo sé, linda, estás progresando, más de lo que esperaba honestamente. Para alguien que ha estado en la obscuridad respecto a la magia por tanto tiempo, realmente eres un prodigio."

Sally señaló a los restos humeantes del teléfono. "¿Me estás diciendo que *eso* es normal?"

"Cariño, es algo bueno que seas una especialista en rayos. Si fueras generalista, podrías haber hecho explotar los barriles, la mitad del bosque y posiblemente los autos en el estacionamiento con una fantasía tan caliente." Golpeteó sus uñas contra su barbilla de nuevo, sus ojos distantes. "Lo cual en realidad podría ser el problema." Chasqueó sus dedos y un segundo teléfono apareció en su mano. "Cuando pienses en Ben esta vez, no pienses en cuántas ganas tienes de cogértelo."

Sally sonrió. "Eso podría ser un poco difícil. ¿Lo has *visto*?" Sally dijo mientras tomaba cautelosamente el teléfono de Audrey y lo sostenía delicadamente sobre su palma.

"¿Qué sabes de la familia de Ben?" Audrey dijo.

"Sé que es huérfano, su familia murió en el ártico en algún tipo de accidente masivo," Sally dijo.

"No fue un accidente, fue un asesinato," Audrey dijo seriamente. "Él sabe que los duendes lo hicieron pero no hay ninguna prueba. Los duendes son excelentes para cubrir sus rastros, eliminando cualquier tipo de evidencia incriminatoria que pudiera ser usada en su contra."

"¿Y piensas que yo podría encontrar la evidencia?" Sally preguntó, sintiendo un nuevo peso de responsabilidad sobre sus hombros.

"Podrías ser la única que pueda," Audrey dijo, pasando una mano reconfortante por el cabello de Sally. "¿Mi consejo?"

"¿Si?"

"Conoce más a fondo a Ben. Si es tu detonante, vas a necesitas muchos conocimientos de primera mano del hombre para obtener un control mejor."

Sally miró sobre su hombro. El hotel Wondernasium que brillaba en tonos azules y blancos se levantaba sobre los techos de los edificios contiguos, como un monumento que la jalaba.

Conocimientos de primera mano, ¿eh?

BEN SE AGACHÓ para evitar que lo golpeara la bola de fuego que iba hacia él, sintiendo el calor quemar los cabellos en la parte de atrás de su cuello. La bola de fuego le pegó a la pared de hielo del lobby detrás de él con un siseo suave. Salió vapor, y derritió la pared en un círculo del tamaño de una pelota de soccer.

Manteniendo su mirada sobre el furioso hombre que se transformaba en dragón, Ben podía escuchar a la línea de huéspedes molestos que se gruñían unos a otros alrededor del lobby.

El oso interno de Ben rugió y pegó con sus garras dentro de él, intentando proteger su guarida del ataque del huésped, pero Ben suprimió a la bestia. *El servicio a clientes significa no golpear,* Ben pensó con una sonrisa forzada en su cara.

"¡Pedimos un balcón y nos pusiste en el sótano!" El hombre que se transformaba en dragón rugió, medio transformado en su forma de bestia con grandes cuernos saliendo de la parte de atrás de su cabeza y una cola que se movía a sus pies.

"Sí, bueno, arreglaremos eso de inmediato," Ben dijo, asegurándose de que su sonrisa estuviera bien fija mientras cambiaba la reservación.

Ben jaló su cabello. Todo era un desorden. Los hombres lobos estaban en habitaciones junto a los hombres tigres (una receta segura para causar problemas), los duendes irlandeses no tenían un mini bar y el centro de cuidados de día para niños había confundido a unos kelpies con niños y los había forzado a quedarse a aprender sobre formas y colores. Más temprano, Ned había estallado en lágrimas en frente de un lobby entero lleno de huéspedes cuando una esfinge entró gritando que el Wi-Fi no estaba funcionando.

"¿ALGUIEN sabe dónde tiene su lista Sally?" La voz llena de desesperación de Ned se escuchó en el auricular por la que tenía que ser la décima vez en la última hora. "¿Alguien ha visto su tableta?"

"Mantén la calma, niño." Ben le dijo por su micrófono a Ned. "Solo recuerda lo que te dije."

La pausa fue un poco demasiado larga. "Lo sé, señor. No se llora en la hospitalidad."

"Exacto." Ben apagó su auricular mientras el siguiente huésped en la línea se acercó. Intentó mantener su sonrisa respetuosa mientras veía el ceño fruncido del duende, pero Ben sabía que su odio era demasiado evidente en sus ojos. Los nudillos de Ben tronaron por lo fuerte que apretaba sus puños.

"¡Alguien se metió en nuestra habitación!" El duende en frente de él era tan chaparro que apenas podía ver sobre el mostrador. El asesino de mierda estrelló un pedazo de periódico sobre el mostrador con un puño verde cerrado. Una huella de zapato grande y cubierta de ceniza cubría la parte de atrás.

"¡Prueba de tu traición!" El pequeño duende se veía tan molesto que su piel verde se estaba tornando ligeramente naranja. Agitó salvajemente sus brazos cubiertos de verrugas. "¡Este es un hostal de MENTIRAS! ¡Es un hotel de TRAICIÓN!" Aún mientras gritaba, los ojos del duende veían a su alrededor, midiendo las reacciones de los demás huéspedes.

Ben detuvo su necesidad de levantar los ojos ante el intento descarado del duende de causar un problema general. Afortunadamente, por la expresión aburrida en las caras de sus huéspedes, parecía que nadie que pudiera escuchar estaba creyendo la historia del duende. Todos sabían que a los duendes les gustaban solo dos cosas, el dinero y los demás duendes. Tenían mala fama de quejarse constantemente sobre uno u otro problema imaginario en el servicio a clientes, buscando obtener reembolsos o mejoras gratuitas.

Gracias por las malas reputaciones. La única vez en que los duendes realmente estaban reclamando por una traición verdadera, nadie les creía. Ben no podía creer que fuera tan descuidado como para dejar una huella de su zapato en la habitación del duende.

"Veo que no tienes intención de compensarme por este error atroz. ¡Exijo hablar con tu Alpha, oso!" El brillo en los ojos del duende destelló cruelmente. "Oh, espera, ya recuerdo. Está muerto, ¿no?"

"Cuidado," Ben gruñó, sintiendo como su ira crecía. Su oso rasguñó con sus garras para que lo dejara ser libre para quitarle esa sonrisa al duende.

"Está bien. Iré a entretenerme a algún otro lugar." El duende comenzó a alejarse y gritó sobre su hombro, "Será un gas". La amenazante carcajada siguió al duende por el pasillo mientras paseaba alejándose.

"¡Ese pequeño, cab...ezón!" Ben rápidamente cambió su lenguaje a mitad de la palabra cuando vio a un pequeño niño tigre en el lobby que lo estaba viendo esperando qué iba a decir. Ben quería golpear la pared, destrozar el monitor de la recepción entre sus patas, aferrar su mordida alrededor de algo imposiblemente duro hasta que lo escuchara romperse. ¡El duende casi había admitido abiertamente haber asesinado a su clan! El lápiz que Ben estaba sosteniendo acabó destrozado en su mano.

Necesito alejarme de los huéspedes.

Su oso estaba a punto de liberarse. Los recuerdos de su clan lo inundaron y presionó una mano caliente sobre la pared de hielo detrás de él para intentar calmarse. Su madre sonriéndole mientras abría pescados y los limpiaba para la cena. Su padre mostrando al hermano más joven de Ben cómo cavar un hoyo en el hielo usando sus garras. Construir su primera habitación de hielo, la mano de su madre sobre su hombro, llena de orgullo y respeto. El olor que venía de su hogar cuando regresó la última vez, el aroma persistente del gas bajo el hedor de acre de miedo, bilis y sangre.

Llamando a Ned para que se encargara del área de quejas de la recepción (el chico necesitaba aprender a ser fuerte en algún punto), Ben salió corriendo hacia la escalera. Generalmente encontraba que la brisa congelada de la escalera lo calmaba, pero hoy solo le hizo pensar en demasiados recuerdos.

Malditos duendes.

Ben no dejó de correr hasta que había subido tres pisos de escaleras y se detuvo, sus latidos golpeaban en su garganta. Se recargó fuertemente contra la puerta de la cuarta de las habitaciones de huéspedes.

Si tan solo hubiera una forma de que los duendes se hicieran responsables durante el cónclave. No tenía idea de cómo iba a obtener alguna evidencia. Ahora que los duendes sabían que había estado en sus habitaciones, seguramente agregarían su propia seguridad para mantenerlo afuera.

Los grupos de sobrenaturales tendían a protegerse a sí mismos, pero cuando un grupo cruzaba la línea, como cuando cometían un genocidio, los otros grupos se unían para enjuiciar al infractor. El balance era vital; los humanos podrían ignorar muchas cosas pero los grupos de sobrenaturales en guerra tendían a llamar la atención. Los humanos seguían hablando del Triángulo de las Bermudas, después de todo, y de todas esas vistas de "pie grande".

Ben empujó la puerta para abrirla y comenzó a moverse por el pasillo, esperando que el acto de caminar le diera algunas ideas. Los castigos de los mayores por lo general involucraban cadenas y algunos picos muy calientes, pero no actuarían sin evidencia.

Su teléfono sonó y la voz del otro lado comenzó a hablar antes de que pudiera decir algo.

"Hola, soy Lola. Solo quería avisarte que Sally va en camino de regreso." Ben podía escuchar la sonrisa de Lola aún a través del pequeño recibidor.

"Esas son noticias fantásticas. Nos están matando aquí sin ella."

Su oso se sentó y olfateó, su lengua moviéndose mientras veía a su alrededor. Esto solo significaba una cosa. Un segundo después, Ben escuchó el familiar golpeteo de las botas de Sally caminando por el pasillo, y su olor lo cubrió.

"¿Ben? La voz de Lola en su oído le recordó que aún estaba sosteniendo un teléfono. "Prepara tu cara para el juego."

No PIENSES EN SU CUERPO, *piensa en su tragedia.* Sally se recordó después de la tercera vez que uno de los focos de hotel destelló junto a ella.

Ned, en el lobby, dijo que Ben estaba en los pisos superiores encargándose de unos clientes molestos. El pobre hombre oso (aún se estaba acostumbrando a la dualidad de Ben), aparentemente había estado intentando arreglar todos los problemas él mismo. Todo lo que tenían que hacer era abrir su base de datos de clientes para descifrar quién debería hospedarse en dónde. Ned había empezado a llorar realmente de alivio cuando ella había indicado dónde estaba guardado. En cuando este cónclave terminara, iban a tener que dejar que Ned se fuera de vacaciones a algún lugar, preferiblemente a una isla tranquila con muchos cocteles decorados con sombrillas.

Sally agarró fuertemente su tableta y subió al segundo

piso, recordando la vez en que había visto a Ben sentado en esa escalera tranquilizando a una mucama que lloraba, quien, ahora se daba cuenta, era una duendecilla.

Un cariño cálido entró por su pecho y una lámpara destelló tan brillantemente que pensó que iba a explotar. Sally exhaló. *Realmente* iba a tener que lograr auto controlar su libido si iba a seguir trabajando en el hotel. Se sentía como si cada esquina le recordara algún momento en que Ben se veía increíblemente guapo, fantásticamente encantador o imposiblemente adorable.

En cuando abrió la puerta al cuarto piso, jadeando por subir las escaleras, ya no estaba segura de poder hacerlo.

Solo soy una gerente de hotel. No he salido en una cita en seis meses. No había forma de que le gustara a Ben, no de *esa* manera. Y si le *gustaba,* sintió como su pulso se aceleró ante el pensamiento, ¿cómo iba a controlar su magia? Lo último que necesitaba era accidentalmente hacer estallar su lugar de trabajo, un foco a la vez.

"Nos están matando sin ella," lo escuchó decir desde la esquina.

Sally giró la esquina y ahí estaba: acabando la llamada en su celular y girando como si la estuviera esperando. La respiración de Sally se detuvo. Tal vez era su nueva visión sobrenatural, o solo la emoción de la última hora imaginándolo en docenas de situaciones sexuales con el fin de entrenarse como bruja, pero se veía *increíble.*

No estaba usando su suéter abultado de siempre y se había arreglado para el cónclave. Su traje negro a la medida estaba perfectamente ajustado para mostrar la "V" descendiente de sus amplios hombros a su cintura. Su cabello en verdad se veía peinado y se había rasurado, lo cual, combinado con el color de su corbata, llamaba la atención a sus brillantes ojos azules.

Las luces alrededor de Sally parpadearon y ella tuvo que mirar al techo para calmar sus repentinos pensamientos calientes.

Su familia entera murió. Puedo ayudarlo a descubrir quién lo hizo. Muerte. Gas venenoso.

Su respiración se calmó cuando volvió a verlo, su traje obscuro parecía ser para un funeral. Ben había perdido su hogar, a todos a quienes había querido y había construido un enorme hotel de hielo en un intento de crear una nueva comunidad para sí mismo en honor de todos a quienes había perdido. Una mujer podía enamorarse demasiado fácilmente de un hombre así.

Las luces parpadearon de nuevo y su tableta estaba haciendo ruidos extraños que no sonaban bien.

Mierda.

"¡Sally! Siento tanto lo que sucedió en mi oficina esta mañana," él dijo, acercándose a ella caminando. Sally dio un paso hacia atrás rápidamente, intentando mantener el espacio entre ellos y él se detuvo con una expresión de culpa en su cara. "Fue muy poco profesional de mi parte y no pretendía que vieras..."

"Está bien. Me da gusto que ahora lo sé. Y aparentemente soy una bruja." Sally miró el espacio entre ellos. Era suficiente para que no lo pudiera tocar. Una distancia profesional. Lo odiaba pero dio un paso más hacia atrás solo para estar segura. *Si estoy un paso más cerca voy a hacer estallar todo en el cuarto piso.*

"¿Eres una qué?" él dijo, dando un paso hacia adelante. Ella dio un paso hacia atrás, solo para sentir la presión fría de la pared de hielo detrás de ella.

"Una bruja de rayo, aparentemente. Puedo manipular la electricidad y..."

"Sé lo que es una *llama*." Pasó sus manos por su cabello, desarreglándolo de nuevo. Sally decidió que le gustaba más así. Se veía más como *él mismo,* aún con el traje elegante. Él se volteó hacia otro lado y Sally sintió como su respiración se hizo más rápida. ¿Era posible que le gustara menos ahora que sabía que no era humana? ¿Los osos no salían en citas con brujas?

"¿Está todo bien?" ella preguntó, moviéndose hacia la espalda de Ben antes de que se pudiera detener a sí misma. Colocó una mano sobre su enorme hombro y sintió su calor a través del saco. Él giró hacia ella, inclinándose hacia su mano y ella pudo sentir el movimiento de los músculos de su hombro contra la palma de su mano.

"Nunca te conté de mi familia," él dijo lentamente, su cara se llenó de tanto dolor que Sally tuvo que resistir su impulso de abrazarlo.

"Audrey me contó un poco," ella dijo, moviendo su mano de arriba a abajo sobre su brazo para tranquilizarlo.

Él asintió con la cabeza. "Claro que lo hizo. Los duendes envenenaron a mi clan y se robaron nuestras tierras. Y ahora están aquí. Quiero deshacerme de ellos, pero no tengo pruebas. Necesito encontrar algo para demostrar al cónclave que ellos lo hicieron. Faltan tres horas para que empiece el cónclave y no tengo idea de cómo voy a probar que son responsables."

"Déjame ayudar," ella dijo, su mano levantándose para acariciar el cuello de Ben y subiendo hasta su cara. "Aún estoy aprendiendo, pero creo que sé cómo entrar a sus registros."

"Habrían borrado cualquier cosa que los incriminara. No quiero involucrarte. Los duendes son malas noticias."

Sally sonrió. Audrey era una mujer muy inteligente, entrenándola desde el principio en cómo encontrar datos ocultos. "Me necesitas, Ben. Por favor, déjame al menos intentarlo."

Él abrió la puerta a la habitación más cercana y cerró la puerta detrás de ellos. La habitación había sido liberada recientemente por un grupo de personas que se transformaban en tigres y olía a sexo. Sally miró a Ben y sintió como sus mejillas se enrojecían.

Simplemente genial.

Intentando calmar el temblor de sus manos, sacó su tableta y desaceleró su respiración.

Puedo hacer esto.

Recordando la sensación de buscar mentalmente información en el teléfono en AUDREY'S, Sally colocó su mano sobre el circuito de su tableta y sintió cómo su consciencia se sumergía en el laberinto de cables y señales que estaban frente a ella como un mapa digital. La mayoría de los miembros del cónclave que había visto registrándose llevaban al menos dos maletas para computadoras portátiles entre su grupo. Si al menos una de las computadoras de los duendes estaba conectada a la red de Wi-Fi del hotel, podría entrar a su conexión y ver lo que estaba escondiendo.

"¿Está funcionando?" Ben preguntó desde atrás de ella, parado tan cerca que ella podía sentir su respiración sobre su cuello. Un escalofrío bajó por su columna dorsal y la imagen mental del funcionamiento interno de la computadora desapareció, reemplazada con una fantasía muy vívida de Ben bajando su falda, haciéndola recargarse sobre el marco de la cama y cogiéndola duro por atrás.

La lámpara de piso en la esquina parpadeó y ella se volteó para empujar a Ben por los músculos duros de su pecho.

"Hazte para atrás. Allá. Allá, *muy lejos.* Necesito concentrarme." Señaló a la esquina de la habitación y se dio la vuelta para que no pudiera verlo tan guapo que la distraía.

Respiró hondo y esta vez la imagen apareció mucho más fácil y clara que antes. Las computadoras que actualmente estaban entrando al Wi-Fi del hotel estaban acomodadas frente a ella como un mapa gigante; todo lo que tenía que hacer era sumergirse en uno de los puntos de conexión para identificar la computadora y su historial.

La actividad en las computadoras de los que se transformaban en dragones era principalmente de correos electrónicos y chats chismeando sobre quién de entre sus clanes no estaba viviendo bajo sus altos estándares de integridad cultural. Un pobre niño, a quien evitaron mencionar por nombre, iba a ser exiliado de su clan por "cobardía para convertirse en dragón". Todas sus comunicaciones y búsquedas eran demasiado egocéntricas como para tener cualquier evidencia de los duendes.

Las computadoras de los hombres tigres tenían principalmente pornografía. Mucha de grabaciones propias. Sally salió de ahí rápidamente. Nadie necesitaba ver esa cantidad de penes. *Excepto si viera uno en especial.* Se movió a la siguiente computadora antes de distraerse demasiado pensando en cómo sería el miembro de Ben. *Seguramente es un hombre grande...*

No. Concéntrate. Esto es importante.

Las computadoras de las hadas, haditas y otras personas que se convertían en osos eran igual de inútiles, aunque Sally tomó bastantes notas sobre colocar más juguetes sexuales en las habitaciones la próxima vez que los osos vinieran de visita. Cleo, a quien Sally solo conocía como una de las principales inversionistas de Ben, era *sucia*. ¿Dos hombres a la vez? *Maldición.*

Entonces los encontró. Los duendes. Ben tenía la razón

en que sus computadoras estaban casi vacías, y su almacenaje en la nube estaba vacío también. Pero había trazos de documentos que habían sido eliminados hacía tiempo y correos electrónicos que se mantenían enterrados profundamente en la memoria de la computadora.

Olió pinos y helado y supo que Ben estaba a su lado aún sin verlo. Sally se tomó un momento para imaginar cómo se veía en los ojos de Ben; había estado viendo al espacio con una expresión de concentración por casi una hora.

"Ya casi lo logro. Encontré las computadoras de los duendes." No se atrevió a mirar a otro lado que no fueran las imágenes frente a ella en caso de que desaparecieran en cuanto no tuviera toda su atención.

Las manos cálidas de Ben le dieron un masaje a su cuello y hombros y ella reprimió un gemido ante lo bien que se sentían sus manos.

Crimen. Muerte. No pienses en él. Gas venenoso. ¡Recibos! ¡Aquí están los recibos! "Ben, lo encontré," ella susurró. "La prueba."

"¿Qué encontraste?" Las manos de Ben se movieron hacia abajo para rodear su cintura, jalándola tan cerca que todo su cuerpo estaba pegado al de Ben. Le tomó cada parte de su esfuerzo mantenerse concentrada en los recibos y no lanzar su trasero hacia atrás para restregarse contra el miembro de Ben.

"Todo está aquí," ella dijo mientras descargaba rápidamente todos los recibos y correspondencia conectada directamente a su tableta. "Los duendes árticos le compraron el gas venenoso a los duendes de la montaña del este. Y, Ben, lo van a hacer de nuevo. Tienen más objetivos, otros grupos sobrenaturales a quienes van a matar y se van a encubrir. Podrán ser cautelosos alrededor de todos los demás pero todo su plan está delineado en estos correos que intercambian. Son monstruos y tenemos todo lo que necesitamos para acabar con ellos."

Ella se volteó para ver su cara y tuvo un segundo para prepararse para el impacto antes de que los labios de Ben se estrellaran contra los suyos, las manos de Ben subiendo y bajando por sus costados, su boca devorando la suya. Ella sintió como sus labios respondieron antes de que su cerebro tuviera la oportunidad de ponerse al corriente, su lengua saltó dentro de la boca de Ben, peleando contra la suya mientras sus manos tomaron la espalda de Ben y bajaron hasta su trasero, deleitándose cada vez que agarraban algo. Las lámparas a su alrededor brillaron fuertemente hasta que se quemaron una por una, dejando que la luz del sol que entraba por la ventana fuera la única iluminación.

"¡Ben!" lo empujó, buscando su tableta para revisar que aún funcionara después de los fuegos artificiales. Para estar segura, la apagó y la envolvió en la orilla de la cobija. No tenía idea sobre si un aislamiento haría alguna diferencia pero esperaba que sí.

Él gruñó y la jaló más cerca, sus labios una vez más buscando los de Sally y jalándola más cerca. Ella lo empujó de nuevo y esta vez él dio un paso hacia atrás, sus ojos tan llenos de deseo y lujuria que Sally sintió como se formaba una alberca de humedad entre sus piernas. Apenas podía respirar, lo deseaba tanto.

"No podemos hacer esto ahora. Tenemos que ir a demostrar que los duendes mataron a tu familia. Has estado esperando durante años para poder hacer esto."

Él dio un paso hacia adelante, sus manos de regreso en la cintura de Sally.

"El cónclave no se reunirá hasta dentro de dos horas. Tenemos que esperar hasta ese momento para presentar la evidencia. Y he esperado demasiado tiempo para sentirte en mis brazos. Dime que tú no sientes esto."

Sally no necesitaba escuchar más. Corriendo hacia adelante, brincó a los brazos de Ben, envolviendo sus piernas alrededor de él como si fuera el tubo de una estación de bomberos y presionó sus labios y manos en cualquier lugar que estaba en su camino.

Él la llevó a la cama y finalmente cayeron juntos sobre las pieles que cubrían el bloque de hielo tallado.

Se quitó su saco y su camisa y Sally besó su cuello, bajando con su boca hasta su pecho desnudo, acariciando y mordiendo sus pectorales y lamiendo sus pezones duros hasta que el gemía su nombre y jalaba su ropa. Ella desabrochó el cinturón de Ben y él levantó su cadera, alentándola a desnudarlo hasta que estaba gloriosamente desnudo debajo de ella.

Sally aún estaba vestida, pero apenas se dio cuenta con la escena tan tentadora en frente de ella. Él era perfecto; todo lo que ella había imaginado, pero mucho mejor en la realidad, con su olor rodeándola y su gran sonrisa brillando para ella.

Lo quería todo, empezando con su miembro que ya estaba parado atentamente. Sally lamió sus labios y después procedió a lamer el miembro de Ben por uno de los lados. Se había imaginado que sería grande pero esto era sorprendente. Definitivamente los hombres que se transformaban en animales tenían ciertas ventajas. Su boca apenas podía con el ancho mientras metió la punta en su boca y comenzó a chuparlo.

"Oh dios, eso se siente tan bien," él gimió. Ella sintió los dedos de Ben en su cabello, guiándose más profundamente mientras entraba y salía de su boca. "Tan bien, tu boca caliente en mi. Oh por dios."

Sally sintió como se mojaba aún más. Con la mano que no estaba utilizando para sostenerse sobre la cama, desabrochó su falda y la bajó lo suficiente sobre sus caderas para que pudiera meter un dedo por debajo de su ropa interior, hasta su clítoris adolorido. Ya estaba tan mojada que su dedo se resbalaba de su punto sensible. Gimió alrededor del miembro de Ben que estaba profundamente en su garganta.

"¡Maldición!" él gritó y tomó la cabeza de Sally, removiéndola de su miembro y girándola hasta que estuvo acostada sobre su espalda, Ben inclinándose sobre ella. "Amo que estés tan mojada para mi, nena." El sudor de Ben cayó sobre la mejilla de Sally y ella levantó su mano para tocarlo con su dedo y lamer lentamente la humedad salada.

"Mujer, me vas a matar," él dijo mientras la besaba profundamente, sus manos trabajando para desabotonar su saco tan rápidamente que ella no se dio cuenta de que estaba desnuda hasta que sintió el aire helado de la habitación contra su piel expuesta. Le quitó su falda hasta que lo único que tenía puesto era su ropa interior de encaje negro.

El miró fijamente los pechos desnudos de Sally durante tanto tiempo que ella no sabía si quería cubrirlos avergonzada o lanzarlos hacia él para que los inspeccionara más de cerca. Una gran ventaja de ser una mujer grande era tener una copa satisfactoria tamaño D, pero nunca había tenido a un amante que la viera de esta forma. La intensidad de su mirada la asustaba tanto como la hacía sentir calidez. Este era un hombre que *deseaba,* y él deseaba en proporciones enormes.

"Espera. Ben, ¿qué va a pasar una vez que pruebes que los duendes mataron a tu clan?" Ella no sabía qué la había poseído para romper el momento. De repente era extremadamente importante para ella saber que lo que fuera que estaba sucediendo entre ellos no era solo un agradecimiento por finalmente darle las pruebas que necesitaba.

"Voy a hacer esto por el resto de nuestras vidas." Y entonces sus labios estaban sobre el pecho de Sally mientras sus manos bajaban para quitarle su ropa interior y daban un masaje a su clítoris. Él lo acarició y tocó con su pulgar mientras su dedo índice se doblaba para penetrarla y tocarla profundamente a lo largo del interior de su canal.

"¡Ben! ¡Sí!" ella gimió, levantando sus caderas para dejar entrar los dedos de Ben más profundamente.

La sensación de su boca caliente sobre su pecho era increíble, haciendo vibrar su piel y creando una sensación de calor que la recorrió como una línea de fuego desde las puntas de sus pezones hasta los dedos de sus pies que se enroscaron.

"¿Te gusta eso, mi amor?" él dijo.

A ella le tomó demasiado tiempo comprender lo que él acaba de decir.

"Cógeme, Ben. Te necesito dentro de mi ahora mismo." Ella agarró su trasero para acercar el miembro de Ben hacia su vulva, tan cerca del orgasmo que podía sentir los inicios vibrando por todo su cuerpo.

Mi amor.

Él lo había dicho. Ella no podía creerlo.

Ella gritó cuando su miembro la llenó, estirándola tanto que sabía que tendría problemas para caminar mañana.

"¿Sally? ¿Te estoy lastimando?" La voz de Ben sobre ella sonaba preocupada, pero sus preocupaciones eran lo último que Sally quería. Giró sus caderas para dejarlo entrar más profundo, envolviendo sus piernas más alto alrededor de su espalda hasta que estaba completamente adentro de ella, hasta las bolas.

"Cógeme muy fuerte, mi amor," ella jadeó. "Cógeme como si no pudiera romperme."

Él no necesitaba más motivaciones y comenzó a hundirse dentro de ella tan profundamente que ella sentía que volaba. La habitación estaba congelada, pero no podía sentir el frío.

Sus golpes al entrar eran tan salvajes y fuertes que empujaron las pieles de la cama hasta que estuvieron cogiendo sobre la superficie de hielo de la cama, pero a Sally no le importaba. Todo lo que podía sentir era el miembro de Ben, las manos de Ben sobre ella, la lengua de Ben penetrando profundamente su boca al mismo ritmo que entraba su miembro poderosamente en su vagina.

Se vino tan repentina y fuertemente que gritó y se movió como un gato tratando de arañar, mordiendo fuertemente el hombro de Ben para tener algún tipo de liberación del placer que surgía y latía desde dentro de ella. Distantemente, escuchó una alarma que se disparó y el ronroneo del generador de emergencias.

Debo haber hecho explotar las luces, ella pensó, pero no le importó. Estaba flotando en una ola de mareas post coito.

Ben no había terminado.

Sosteniendo sus piernas apretadas a su lado, giró hasta que Sally quedó encima de él, su miembro aún firme dentro de ella.

"Amor, siento que me tiemblan un poco las piernas," Sally dijo, mirándolo hacia abajo.

Él se empujó hacia arriba, penetrándola en ángulos nuevos que la hicieron llorar de placer.

"Eres una bruja de rayo, amor," él gimió, empujándose dentro de ella de nuevo. "Tienes más dentro de ti de lo que jamás imaginaste."

Sally sintió como se volvía más fuerte aún mientras él

hablaba. Mientras movía sus caderas hacia arriba y hacia abajo, montando el miembro de Ben al mismo ritmo que él empujaba, descubrió cómo su energía y ritmo subían a nuevas alturas hasta que pudo ver su piel brillando en la tenue luz.

Antes de que pudiera recuperar su aliento, estaba chorreando sobre él, su cabeza echada hacia atrás con un abandono salvaje mientras se venía en olas sobre olas, una y otra vez. Él se empujó dentro de ella un par de veces más hasta que sintió como se venía vertiéndose dentro de ella. Él gritó y cayó sobre el bloque de hielo, finalmente desgastado.

Se quedaron acostados en silencio mientras su sudor se enfriaba en el aire congelado y Ben acercaba las pieles para cubrirlos.

"Mi amor, este ha sido un día grandioso," él dijo.

Sally se giró para besar la punta de la nariz de Ben. "Y aún no ha terminado."

DOCENAS DE CARAS voltearon a ver fijamente cuando Ben entró súbitamente al cónclave, rugiendo de forma triunfal.

Finalmente, justicia, pensó. Sally caminaba a su lado y podía sentirla vibrar ligeramente con tensión, apoyada en su brazo. El cuarto era el mejor que el hotel tenía para ofrecer: lo suficientemente grande para que se sentaran casi 100 personas, decorado con hielo majestuosamente tallado y con un candelabro completamente funcional de hielo que quitaba el aliento. Cada uno de los líderes de los clanes estaba sentado en sus propias mesas circulares, arregladas en patrones que serpenteaban a lo largo del gran cuarto. Ben agitó la tableta de Sally sobre su cabeza como una bandera, ignorando las caras molestas de los miembros del cónclave que se movían inquietos en sus sillas giratorias de piel.

"¿Qué significa esta interrupción?" dijo el árbitro del cónclave, un pájaro anka antiguo que agitó sus grandes alas grises. Entre el grupo, sólo el árbitro se sentaba solo, elevado en una pequeña plataforma al extremo del cuarto. Sus lentes se deslizaron por su pico al hablar, miró sobre ellos a Ben y Sally como un bibliotecario irritado enfrentándose a un niño travieso.

"Mis disculpas, árbitro," Ben recordó el protocolo y se agachó en una rápida reverencia hacia el anka, cruzando miradas con los mayores de las mesas más cercanas. "Tengo evidencia de una amenaza mortal que nos acompaña."

Se iniciaron conversaciones y acusaciones entre los clanes. Apareció vapor por encima de dos de las mesas de hombres dragones al aparecer unos pequeños fuegos por su agitación. Una de las meses de clanes de brujas se encendió brillantemente, con esferas verdes flotando agresivamente sobre sus cabezas. Los hombres y mujeres tigres, como era predecible, respondieron a la perturbación saltando unos sobre otros y cogiendo para relajarse. *Tenían que ser los que se transforman en tigres. Exhala,* Ben subió los ojos.

El anka aclaró su garganta y el cuarto inmediatamente guardó silencio.

"Ya que te ha parecido bien interrumpir las discusiones programadas, *y* que eres nuestro anfitrión, te permitiré hablar. Pero te advierto, las acusaciones sin pruebas no serán toleradas." Su mirada seria envió un escalofrío a la espina dorsal de Ben. El árbitro tenía más de dos mil años de edad y, si Ben arruinaba esto, no lograr vengar a su familia iba a ser la última de sus preocupaciones.

El pulso de Ben aumentó y sus manos sudaban al caminar hacia el frente del cuarto. Sally caminó a su lado;

tenerla junto a él era más reconfortante que lo que mostraba su cara. Las mesas estaban colocadas tan juntas unas a las otras que tuvieron que hacerse camino entre los otros clanes de osos; los osos aliados de Ben, Orson y Cleo, lo alentaron con un movimiento de cabeza, y la delegación de hadillas, mostraron sus caras pálidas e inmortales tan ilegibles como las delgadas armas que tenían a sus lados.

Se acercó al podio, dándole un rápido apretón a la mano de Sally cuando ella se hizo de lado para pararse en el extremo del pequeño escenario. Ben respiró profundamente para estabilizarse. Hablar en público nunca había sido su fuerte, y las caras de sus huéspedes escépticos no ayudaban. Ben se rehusó a decepcionar a su clan. *Tengo que lograrlo.*

"Gracias, árbitro." Ben se giró para dirigirse a todos. "Tengo registros detallados en esta tableta que muestran pruebas de culpa. Un clan entre nosotros ha roto nuestras leyes sagradas, ha desafiado nuestras tradiciones y a este cónclave. Su avaricia ha llevado a muchas muertes, incluyendo el asesinato de todo mi clan, y planean continuar. Tengo evidencia concreta que muestra el siguiente ataque que tienen planeado en al menos un grupo más." Aclaró su garganta. "Esto comenzó como un camino personal hacia la justicia, pero ahora *todos* estamos en riesgo. No debemos permitirles meterse con nosotros, clan por clan, especie por especie, alimentando su avaricia con nuestros muertos."

El silencio que lo siguió tuvo un peso tan real que lo podía sentir en la parte de atrás de su cuello. Ben había pensado que todo el cuarto explotaría en indignación pero todos los ojos estaban pegados al árbitro anka.

"Esa es una alegación muy seria," el anka dijo. "Debo revisar personalmente la evidencia." Hizo un ademán a la pequeña hada azul que volaba entre una lluvia de brillos detrás de su hombro. "Nadie puede irse."

El hada hizo un ademán con su mano y las salidas brillaron en un tono azul, después se condensaron en paredes de hielo sólido. Nadie se iba a ir a ningún lado.

Mientras el anka estudiaba la tableta, girándola entre sus garras gigantes, Ben se acercó a Sally al extremo del escenario, sus hombros rozando los de Sally. Su olor dulce lo calmó.

"¡Eso fue maravilloso!" Sally le sonrió ampliamente.

Ben podía sentir cómo la tensión en su pecho se reducía mientras veía a Sally. Su presencia hacía que todo fuera más soportable, de alguna forma. Ella siempre había sido la mujer de sus sueños, lista, con clase y completamente segura de sí misma, y ahora finalmente le estaba permitiendo hacer justicia a los asesinos de su familia.

Él la jaló más cerca, murmurando en su oído, "Eres increíble." Él podía sentir como la temperatura de Sally aumentaba a aún a través de su abrigo grueso cuando se acomodó más cerca de él, a su lado.

El anka agitó una mano sobre la parte superior de la tableta y sus ojos se voltearon hacia la parte de atrás de su cabeza mientras procesaba la información.

"Hemos revisado la evidencia presentada," el árbitro habló, su voz creaba un eco en las paredes de hielo del cuarto. "Y hemos determinado que es genuina."

El cónclave estalló en un torbellino de plumas, escamas, fuego y luz.

"Sí," Ben susurró, una sensación de alivio se apoderó de su cuerpo. Sally apretó su mano. Él brazo de Ben rodeó su cintura mientras la jalaba más cerca y la guiaba a un lado del cuarto.

Las exclamaciones de indignación se escuchaban por todo el cuarto mientras los clanes se acercaban al árbitro para escuchar los nombres del grupo responsable.

"¡Asesino!"

"¡Conspiración!"

"¡No lo permitiremos!"

"¡Deben detenerlos!"

"¡Indignante!"

Ben mantuvo un ojo en la mesa de los duendes, en donde la mierda de cara verde gritaba exclamaciones aleatorias de, "¿Cómo se atreven?" y "¡Los culpables deberían ser castigados!" mientras se movían hacia el lado opuesto del cuarto. Formaron una pequeña pared en frente del duende en la parte de atrás que usaba una antorcha de mano sobre la pared de hielo sólido.

Oh, no lo harán.

Ben se quitó su ropa tan rápido como un pensamiento, viendo con satisfacción la reacción de Sally con los ojos bien abiertos, y se transformó en oso polar. Una mesa de hadas mojigatas lo miró con expresiones de asombro, pero Ben las ignoró. Su oso se estiró y jaló, moldeando su marco humano para sacar a la bestia blanca, cubierta de pelo.

Ben rugió y se apresuró hacia los duendes, saltando sobre cualquier delegado que se interpuso en su camino. Los duendes solo tuvieron un segundo de advertencia antes de que Ben rompiera sus formaciones, su enorme forma de oso polar esparciendo a los duendes como pinos de boliche que gritaban.

"¡Mataron a mi familia!" rugió, atacando sus pequeños cuerpos que trataban de escapar. El duende con la antorcha la dejó caer e intentó correr al otro lado del cuarto pero un hombre dragón lo agarró y lo lanzó en el aire antes de que fuera lejos. Ben vio que era el mismo duende que lo había provocado antes en el lobby. El maldito golpeó la mesa con el sonido de algo que se rompía.

Los duendes de la mesa intentaron correr a la pared,

atacando la superficie resbalosa con garras y cuchillos, tratando desesperadamente de escapar de sus compañeros sobrenaturales furiosos.

Ben rugió y comenzó a correr hacia ellos cuando una voz autoritaria se escuchó desde el otro lado del cuarto. No sabía cómo la había escuchado sobre todos los rugidos indignados de los demás delegados, pero escuchó la voz de Sally como si hablara directamente a su corazón.

"¡Ben! ¡Espera!"

Una luz azul salió disparada de la lámpara del techo, corrió por las paredes y se introdujo en el grupo de duendes asustados. Maldijeron y gritaron y sus cuerpos quemados dejaron salir un hedor terrible.

Ben miró a Sally y ella movió la boca sin hacer sonido, diciendo, "ups," con una gran sonrisa en su cara. Pequeñas chispas de luz azul aún salían volando desde las puntas de sus dedos.

"Eso es suficiente," el anka dijo, agitando sus enormes alas en uno de los costados del podio.

El hada azul voló hacia el podio del árbitro y aterrizó gentilmente sobre su superficie de madera brillante. Dijo unas cuantas palabras, en un volumen demasiado bajo para que se escuchara, y una neblina apareció sobre las delegaciones de duendes, estirándose para incluir al duende solitario que estaba estirado como águila en la mesa de los dragones. Unos grilletes azules brillantes se formaron alrededor de las muñecas y tobillos de los duendes.

La habitación se calló de nuevo mientras el anka agitaba sus grandes alas, enviando una ráfaga a través de los huéspedes frenéticos. Se volteó hacia el grupo de duendes que despedían un poco de humo.

"Serán disciplinados por sus crímenes." El árbitro se veía diabólicamente entretenido. "Creo que un comportamiento tan atroz les garantiza un castigo de los viejos tiempos." El hada asintió entusiasmada.

El cónclave explotó en aplausos y gritos de amenazas. Tal vez era una reacción que demostraba que deseaban más sangre de lo que se esperaba de unos delegados respetables, pero a Ben no le importaba.

Ben encontró su ropa y volvió a transformarse, vistiéndose rápidamente. Este era el tipo de momento histórico que requería de *pantalones.*

"¡Lo hiciste!" Sally jaló a Ben para darle un beso que pudo haber hecho temblar a la Tierra, agarrando fuertemente su cabello y jalándolo contra su lengua antes de que pudiera terminar de abrochar sus últimos botones.

"Lo hicimos." Él sonrió, levantándola del piso mientras ella se reía y chillaba. "No lo pude haber hecho sin ti."

Una expresión que Ben no pudo identificar pasó por la cara de Sally antes de que regresara a su máscara profesional. "Entonces, ¿eso es todo? ¿Salvaste a tu familia y ahora ya terminaste?"

Ben observó como las delegaciones que quedaban comenzaban a regresar a la agenda del cónclave. Él intercambió una mirada con el hada azul y una puerta apareció detrás de él. Se salió del cuarto de conferencias, arrastrando a Sally detrás de él.

El pasillo afuera del cuarto de conferencias estaba desierto, el resto del personal aún estaba ocupado arreglando las habitaciones y preparándose para el banquete y el entretenimiento para después del cónclave. Aparentemente a Lola y Audrey se les había ocurrido algo tan "especial" que no se había atrevido a investigar los detalles.

"Sally, significas mucho más para mí que solo una investigación," él dijo, mirando sus ojos inciertos.

"¿Si?"

"¿No lo sabes? He estado enamorado de ti por meses. Son un gran oso cobarde de corazón, supongo."

Sally sonrió y su cara se iluminó con un brillo feroz. Los focos detrás de ella parpadearon y explotaron.

"Mientras seas mi oso, no tengo problema con eso," ella se rió.

Sonriendo ampliamente, él se agachó para besarla. Sabía divina, como la promesa de un para siempre.

"Creo que deberíamos discutir esto más a fondo en mi oficina." Él guiñó un ojo.

Sally se rió, "Será mágico."

LA FLAMA DE NAVIDAD
DEL ALFA

Este año, Dean *odiaba* Navidad.

Era la víspera de Navidad y Dean estaba parado en el lujoso hotel de hielo jalando su corbata. El nudo Windsor lo sofocaba lo suficiente, estaba seguro de que el pedazo de tela lo quería estrangular. Dean intentó modificar su ceño fruncido para convertirlo en una expresión agradable y profesional pero no estaba seguro de haberlo logrado. Se recordó a sí mismo que no era culpa de la recepcionista que esta temporada del año se sintiera como una pesadilla interminable.

Sé amable. Sé cordial. Haz tu trabajo. Dean repitió las palabras en su cabeza una y otra vez.

Todo el lobby del Hotel de Hielo Wondernasium estaba repleto de decoraciones navideñas - riesgos de incendio en potencia - sin importar a dónde volteara. No vio a ningún otro huésped en el lobby, solo una oleada de personal uniformado que corría de un lado a otro colgando los detalles decorativos de último momento.

La hermosa recepcionista estaba tecleando de una forma tan furiosa en su computadora que ni siquiera había volteado a verlo.

"Hola," aclaró su garganta fuertemente. Dean era un hombre grande, de más de 1.80m de altura y con una complexión de bombero aún después del accidente que lo había dejado con la única opción de trabajar desde un escritorio durante el último año. Generalmente las personas no lo pasaban por alto. Lo intentó de nuevo, colocando una mano sobre el escritorio. "Soy Dean Michaelson y soy del Buró de Prevención de Incendios. Vine a hacer la revisión anual de sus precauciones de emergencia y seguridad respecto a incendios."

Ella siguió tecleando.

Me he visto reducido a esto, Dean pensó. *Un oficinista al que pasan por alto.* Siempre había sentido lástima por las personas que no eran exitosas en el campo de acción y que estaban condenadas a hacer inspecciones de edificios. Ahora, por culpa de la *maldita Navidad* del año pasado, había sido forzado a hacer exactamente lo mismo.

Dean cambió su peso, pero los dedos de la recepcionista – la placa en su solapa con su nombre decía "Donna" – siguieron volando a lo largo de su teclado. La computadora pitó y ella hizo una mueca antes de voltear a verlo.

Cuando finalmente registró la presencia de Dean, sus ojos se abrieron, se posaron sobre la cara y hombros de Dean por un segundo. Sus dedos dejaron de moverse.

"Bienvenido al Hotel de Hielo Wondernasium. ¿Dijiste que ibas a registrarte en la suite de Luna de Miel?" Donna preguntó.

"No, yo..."

Hubo un sonido de golpe detrás de él y Dean volteó automáticamente. Un botones con un sombrero de una forma extraña estaba empujando un gran carro de paquetes hacia una puerta con un letrero de "Alberca". De reojo, vio a Donna que desesperadamente agitaba sus manos al botones, pero cuando Dean volteó de nuevo hacia el escritorio, ella estaba recargada casualmente sobre un brazo con una expresión demasiado inocente en su cara. Él podía escuchar al botones alejándose en la dirección opuesta.

"¿Te vas a registrar para las vacaciones?" Ella le sonrió y Dean sintió cómo él sonreía de vuelta. Por un segundo, deseó verdaderamente estar registrándose para poder mantener la sonrisa en la cara de Donna.

"Tenemos muchas habitaciones disponibles," ella continuó. "Me han dicho que hospedarse en una de nuestras cuevas de hielo es como pasar las vacaciones con Santa mismo." Ella guiñó un ojo. "Y no puedo creer que un bombero hermoso como tú esté solo."

"Yo *era* bombero," él dijo, enfatizando el tiempo pasado. "¿Cómo supiste?"

Ella lo miró de arriba a abajo de nuevo, pareciendo registrar cada centímetro de él. Él no pudo evitar detenerse un momento para apreciar los brillantes ojos azules de la recepcionista, su adorable cabello corto que apenas tocaba su quijada y sus increíbles curvas.

Ella sonrió y él sintió una ligereza en su pecho que no había sentido en mucho tiempo. "Tienes unos callos muy distintivos en tus manos por cargar el equipo, tus ojos se detienen de una forma muy particular en las velas y otros objetos que podrían quemarse y..." Su cara se sonrojó. "Tu cuerpo..." Ella hizo un ademán señalando todo su cuerpo. "En general."

Sus ojos se posaron en el pecho y hombros de Dean de nuevo y él sintió cómo se paraba un poco más derecho y apretaba sus músculos.

"Soy buena para leer a las personas." Ella aclaró su garganta y se sentó más derecha, tomando una pluma de una tasa cercana. "Algo que *no* puedo descifrar de tus fuertes bíceps es cuántos días planeas hospedarte aquí."

"Tristemente, estoy seguro de que un lugar como este está fuera de mi alcance. Estoy aquí por trabajo," él dijo, sin poder ignorar el ligero rubor de orgullo que mostró cuando ella mencionó sus "fuertes bíceps". "Estoy aquí para realizar una inspección de sus sistemas de incendios y seguridad. Necesito hablar con alguien sobre las precauciones que están tomando, revisar el hotel, su cuarto eléctrico. Cosas así." Los ojos azules se abrieron en alarma. "Se le debió avisar al gerente que iba a venir."

"Ay dioses, ¿eso era hoy?" Ella pasó sus dedos por su

cabello, agarrándolo fuertemente de forma que lo jalaba sobre el contorno de su cara. El teléfono junto a ella sonó y lo levantó de su lugar rápidamente.

"Hotel de Hielo Wondernasium, todo congelado todo el tiempo. ¿Cómo puedo ayudarle?"

Dean no podía escuchar las palabras del otro lado de la línea pero el tono del Cliente Furioso era reconocible aún a unos metros de distancia. La sonrisa de Donna no titubeaba pero unas cuantas líneas duras aparecieron a los lados de su boca.

"Siento mucho escuchar eso, señora, enviaré a alguien para lidiar con la sirena de su bañera de inmediato. Debe haber ocurrido una confusión con las habitaciones. ¿Puedo ponerla en espera por un segundo?"

¿Sirena? Dean le dio vueltas en su cabeza intentando descifrar qué tipo de código era ese. *Solo tengo 27 años y ya no estoy actualizado con los manierismos nuevos.*

Donna colgó el teléfono y volteó a verlo. "Hola. Perdón por eso. Soy Donna Mechka." Ella estiró su mano sobre el escritorio para estrechar la de Dean. La piel de Donna era tan suave que Dean deseaba acariciar sus nudillos con sus dedos, pero se forzó a soltarla. "El gerente y el dueño salieron de vacaciones juntos. Sólo los estoy cubriendo por unos cuantos días." El teléfono sonó. "Si puedes esperarme un segundo..." Presionó un botón del teléfono y dijo, "Jimmy, ¿le podrías decir a Attina que preparamos la habitación 109 para ella y que si podría amablemente mantenerse lejos de las bañeras de otros huéspedes?"

"Puedo ver que estás ocupada y no necesito tomar mucho de tu tiempo. Solo necesito el acceso al..." Dean le susurró a Donna, quien aún tenía el teléfono sobre su oreja.

La cara de Donna parecía dramáticamente arrepentida y

movió su boca sin hacer sonido diciendo, "Lo siento, solo un segundo más."

Ella presionó otro botón y habló con una voz profesional. "Muchas gracias por esperar, por favor avísenos si hay algo más que podamos hacer para que tenga una estancia placentera." Ella asintió con el teléfono, pareció darse cuenta de que estaba asintiendo y después dijo en voz alta, "Sí, por supuesto. Claro que podemos ayudar con eso. Una disculpa por la confusión." Presionó el botón para colgar, después presionó uno de los botones programados para marcar rápido. "¿Jimmy? Olvídate de sacar a la sirena. Estaba invitada. Pídele a Lola del bar que envíe una botella de champaña y unos chocolates rellenos de algas de mar a cuenta del hotel. El Sr. Jameson solo estaba molesto porque el mini-bar no estaba lleno de bocadillos que pudieran comerse bajo el agua." Ella colgó.

Donna volteó hacia Dean. "Perdón por eso, tres de nuestras mucamas están en cama con gripe y nuestro mejor botones acaba de renunciar para unirse a un club de motociclistas. Estamos un poco saturados de trabajo por aquí."

"¿Y de qué se trata eso de una *sirena* en una de tus habitaciones?" Dean dijo, riéndose un poco ante la imagen. "¿Hay una convención de ciencia ficción este fin de semana? ¿Una de esas con personas disfrazadas?"

Donna lo estudió por un momento. "Eres nuevo, ¿verdad?"

"Sí lo soy. Generalmente Jenkins hace esta revisión, pero está enfermo de gripe," Dean dijo.

Ella mordió su labio. "Cierto. Bueno, no. 'Sirena'," hizo una seña de comillas con sus dedos. "Es solo un código del hotel para llamar a, eh, los intrusos. ¿Como en los restaurantes? ¿Pides dos huevos poché sobre pan tostado y la mesera pide en la cocina un Adan y Eva en un tronco? O gritan 'quema una' cuando quieren decir una hamburguesa bien cocida..." ella se alejó del tema. "Así que si escuchas algo extraño, simplemente es eso: códigos del hotel. Es nuestro propio lenguaje. Honestamente, ya ni siquiera nos damos cuenta de que lo usamos. Si me das un segundo, veré lo que puedo hacer para llevarte por el hotel."

El teléfono sonó de nuevo y ella le lanzó una mirada más de disculpa antes de levantarlo. Ella escuchó un momento y después agitó su cabeza. "Por supuesto, lo solucionaremos de inmediato. ¿Podría esperarme por favor?" Colocó su mano sobre el auricular. "Lo siento mucho pero parece que tenemos otra emergencia. Realmente no tengo tiempo de llevarte hoy. Siento mucho hacerte esto cuando viniste hasta acá pero, ¿sería posible que lo reprogramemos por favor?"

Dean se imaginó el largo camino manejando de regreso. Con su herida de la espalda, estar sentado tanto tiempo lo hacía sentir miserable después de unos cuantos minutos. Tener que volver a pasar por todo otra vez para manejar de regreso a su casa y después de vuelta al hotel era mucho peor que aguantar una ronda de las canciones navideñas en los altavoces del lobby.

"No tengo ningún problema con esperar," él dijo. "O puedo hacer la inspección yo mismo si me dices hacia dónde ir."

"No, no, eso no es necesario," ella dijo rápidamente. "Por favor, solo, siéntete en casa. Pide lo que quieras en el bar. Le avisaré a Lola que vas hacia allá. Y, si te interesa, te puedo dar una habitación sin costo para esta noche si estás de acuerdo con hacer la inspección mañana por la mañana." La expresión de Donna era un poco aterrada, tal vez un poco culpable. Él no quería creer que esa sonrisa brillante estuviera escondiendo algo siniestro, pero no podía quitarse la sensación de que no le estaba diciendo todo. *¿Acaso el edificio no cumple con los requisitos?*

Dean miró a su alrededor, al lobby congelado del hotel: las paredes cubiertas de hielo con grabados superficiales de patrones de remolinos y nudos celtas que se entrelazaban; las bancas a los costados cubiertas en pieles falsas de rayas azules y moradas; los candelabros de cristal que brillaban sobre ellos. El lugar tenía un encanto de otro mundo definitivamente. *¿Será todo esto una trampa de muerte disfrazada?* Aún después de un año lejos de la estación de bomberos, su instinto de protección hacia los demás seguía siendo tan fuerte como siempre. Si el personal del hotel estaba escondiendo algo, necesitaba ponerle un alto antes de que alguien saliera lastimado.

Donna estaba de vuelta en el teléfono, tomando notas en una libreta mientras murmuraba ruidos afirmativos en el aparato. Él pensó que había escuchado algo sobre dragones y agitó su cabeza. *Este lugar es extraño.* Miró a su alrededor y notó cómo miraba fijamente a las decoraciones de nuevo. Las guirnaldas que estaban colocadas a lo largo de las paredes y techo eran vectores potencialmente adicionales para el camino de las flamas.

Dean cerró sus ojos, frotando su frente. *Cuando la Navidad se ve únicamente como una catástrofe, necesitas unas vacaciones.*

"¿Entonces qué dices sobre esa habitación gratuita? ¿Te quedarás?" la voz de Donna rompió con su imaginación. Finalmente había colgado el teléfono y lo estaba viendo, una ceja levantada cuestionándolo.

"Sí, la tomaré," él dijo. "Podemos reunirnos mañana para repasar todo a primera hora en la mañana. ¿Qué te parece eso?"

Ella le sonrió ampliamente y él se preguntó, *¿cuándo fue*

la última vez que una mujer me sonrió como si fuera su héroe? La última vez que había salvado a una mujer de un incendio, probablemente, pero eso había sido antes del accidente.

"¡Excelente!" ella gritó. Le entregó una llave en forma de tarjeta con el número de una habitación escrito en marcador de un lado. "Mañana por la mañana entonces, a menos que te vea antes." Ella le guiñó un ojo y él se preguntó si ella pretendía que la frase sonara tan parecida a una invitación. Por un segundo, él realmente esperó que esa fuera su intención, pero después recordó que él estaba trabajando. Si ella estaba coqueteando con él, podría ser porque estaba intentando distraerlo de su trabajo.

El se forzó a devolver la sonrisa, aferrándose a la llave con una mano. *No asumas lo peor.* "Hasta mañana, entonces."

El agudo sonido del teléfono se difuminó mientras Dean caminaba hacia los elevadores. Tenía una bolsa para emergencias de este tipo en la cajuela de su auto que podía sacar más tarde, pero no estaba listo para quedarse tranquilo aún. El dolor en su espalda era un recordatorio constante del costo que podía provocar un edificio que no estuviera tomando las medidas adecuadas para la seguridad.

Miró sobre su hombre. Ninguna persona del personal que corría por todos lados parecía estarle prestando atención.

Se deslizó a través de una puerta con un letrero de "Sólo personal" y bajó un piso de escaleras, hacia el sótano. Miró a su alrededor buscando cámaras de seguridad pero no vio ninguna. O las cámaras estaban muy bien escondidas o este lugar tenía muchas deficiencias de seguridad.

Escuchó voces y se escondió a la vuelta de una esquina mientras dos mucamas empujaban carros de toallas. Los carros tenían una forma extraña, más circular que la mayoría de los carros de mucamas que había visto, pero las dos mujeres los empujaban sin mayor esfuerzo.

"No puedo creer que la Gerente Sally por fin se tomó unas vacaciones," una de las mucamas le dijo a la otra. "Pensé que Ben iba a tener que arrancarle su computadora portátil de las manos para lograr que realmente se fuera."

La otra mucama se rió. "No lo sé. Con los ruidos de felicidad que salen de la oficina de Ben estos días, apuesto que ese gran oso sabe cómo lograr que la bruja se relaje."

Dean frunció el ceño al escuchar a un empleado llamar a su jefa una "bruja", pero por la forma en que hablaba, parecía como si la palabra fuera una expresión de cariño.

La primera mucama suspiró. "Los dos son tan adorables. Un día, voy a..." estaba tan perdida en sus pensamientos que empujó su carro dentro del camino del carro de la otra mucama.

"Oye, ¡cuidado! ¡Casi tiras mi caldero!" ella dijo.

"Lo siento. Solo estaba pensando en..."

Pasaron el escondite de Dean y ya no pudo escucharlas así que se estiró. *¿Caldero?* El personal realmente tenía las palabras más extrañas para nombrar a las cosas.

Un letrero en la puerta más cercana decía 'Cuarto Eléctrico' ".

Giró la manecilla, se asomó y se quedó congelado.

"¿Qué demonios?"

Girando a la mitad de la habitación estaba una enorme bola de luz. Estaba lanzando chispas azules-plateadas hacia todos lados como el globo de plasma de juguete que había tenido de niño. Cuando las chispas de energía golpeaban a las paredes, no rebotaban; se movían a través de las gruesas paredes de hielo como anguilas en el agua.

¿Qué demonios es esta cosa? Dean buscó una solución en su cabeza. *¿Un reactor nuclear experimental?* Esos no se pare-

cían a esto. *¿Algún tipo de cosa nueva de la era cristal?* Eso no podía ser real. *¿Podría ser un tipo de arma militar almacenada en un hotel?*

Dean no sabía lo que era, pero definitivamente no era normal. Por un momento consideró llamar a Seguridad Nacional o la NSA pero, ¿qué les diría? Dean realmente dudaba poder explicar lo que estaba viendo y sonar sano y cuerdo al mismo tiempo. Definitivamente no estaba califi-cado para hacer esa llamada...

Sacó su teléfono, bajando por sus contactos hasta que encontró el de su viejo jefe Brody. Brody había estado en un escuadrón de bombas de la armada antes de convertirse en bombero, conocía a la mitad del FBI y tenía más que unos cuantos contactos en el Pentágono. Brody sabría qué hacer con esto.

Dean escuchó la voz ronca del Jefe Brody del otro lado de la línea y se preguntó por un momento si estaba haciendo lo correcto al hablarle al hombre cuando ya estaba retirado. *Demasiado tarde.*

"¿Señor? Soy Michaelson. Estoy en el Hotel de Hielo Wondernasium. Tenemos un problema."

"Entonces, lo que estás diciendo es que hay un bombero guapo aquí y, ¿eso es algún tipo de *problema?*" Los ojos morados de la mesera de bar del hotel, Lola, brillaron travie-samente mientras se inclinaba sobre la barra para dar pequeños golpecitos a la mano de Donna.

Donna respiró profundamente, intentando recordar cómo estar tranquila. Extrañamente, hablar con Lola esta vez parecía no estarle ayudando con su humor.

Lola deslizó un vaso de lo que parecía ser lodo a lo largo

de la barra hacia un trol de más de tres metros de altura quien sonrió con tres dientes de piedra.

"Bueno, sí. Es muy hermoso." Donna pasó sus dedos por su cabello obscuro que llegaba hasta su barbilla. "Pero es un inspector de incendios, y tengo que mostrarle nuestras instalaciones eléctricas, sistemas de seguridad y..."

"¿Y los hoteles de hielo que funcionan con magia no tienen nada de eso?" Lola le entregó un coctel morado brillante a Donna.

Donna se dejó hundir en el banco, ignorando a los demás clientes del bar del hotel. Había trabajando en el Hotel de Hielo Wondernasium suficiente tiempo como para apenas registrar lo extraño que era un trol que compartía una botella de Absinthe con un par de duendes en trajes de negocios o a un grifo que tomaba con su lengua una bebida de sangría servida en un tazón, compartiendo con un hada.

Se preguntó lo que Dean vería si entraba al bar. Los humanos sin la Visión sobrenatural procesaban la magia a su alrededor de diferentes maneras. Probablemente solo vería a un hombre gigante tomando con unos hombres de negocios, o tal vez a un perro jugando con una niña. Cómo Jenkins había podido delegarle la inspección del hotel a alguien sin la Visión estaba fuera de su comprensión. *Por supuesto que esto tenía que pasar cuando estoy cubriendo a los jefes.*

"No sé qué demonios voy a hacer. Soy buena con las manualidades pero no creo que un panel eléctrico de cartulina y pegamento con brillantina vaya a ser suficiente para este hombre. ¿Crees que tal vez podríamos lograr que algún aquelarre de brujas nos haga uno falso que pueda ser creíble?"

"Esa es una gran idea." El cabello negro de Lola, atado en cientos de pequeñas trenzas, rebotó y asintió sobre su cara con movimientos que casi parecían tener vida por sí solos. "Qué bueno que Ben ya *tuvo* esa idea cuando construyó el hotel. ¿Tienes idea de cuántos inspectores vienen a este lugar?"

"¿Es en serio?" el corazón de Donna se aceleró. *Tal vez si puedo administrar este lugar después de todo.*

"Tan en serio como Anka cuando está en celo." Lola guiñó un ojo. "Tercer piso, al final del ala este. No hay forma de que te pierdas."

"Lola, ¡eres una estrella de rock!" Donna sacó el dinero de su cartera y lo puso sobre la barra. "¡Por la bebida!" Ella gritó sobre su hombro mientras corría hacia afuera. Estaba casi cruzando la puerta cuando chocó contra una pared de músculos duros. "Lo siento, ¡disculpa!"

"¿Donna? Te estaba buscando."

Ella miró hacia arriba a la sólida masa de Dean Michaleson. Sólo habían pasado unas horas desde que lo había visto por última vez, pero parecía diferente. Serio.

"¿Me estabas buscando? ¡Yo también te estaba buscando!" Ella aclaró su garganta. "Señor Michaelson, parece que la próxima hora de mi día se ha liberado. Tengo tiempo de enseñarte nuestro cuarto eléctrico en este momento."

"Esas son buenas noticias." Los ojos de Dean se entrecerraron. "Tengo algunas preguntas muy serias sobre su instalación." Donna sabía que estaba haciendo un esfuerzo por mantener un tono educado y respetuoso. *¿Qué cambió?* Cuando lo había visto más temprano, ser amigable no había parecido como algo difícil. "Me parece muy bien que hayas encontrado tiempo para mi hoy."

Donna se rió, sorprendiéndose a sí misma con el fuerte sonido que explotó de su boca. *Niña, contrólate.* "¡Por supuesto! Y tu habitación sigue siendo gratuita, no te preocupes." Señaló con la cabeza hacia la barra. "No privaría a nadie de los cocteles de Lola, especialmente en estas fechas de festejos. ¿Qué diría Santa?"

"Eso es muy amable de tu parte." Dean pareció sospechar por un segundo pero después su expresión se aclaró. Era el cambio que ella estaba acostumbrada a ver en la mesa de póker cuando uno de sus oponentes estaba intentando engañar a los demás. Donna casi se sintió mal por tener que mentirle, pero la magia no era parte de su mundo. Mostrarle el cuarto de electricidad "alternativo" de Lola y lograr que se fuera sería lo mejor para todos.

Donna le mostró el camino a través de los pasillos, intentando no pensar en cuánto deseaba acariciar las líneas de la cara de Dean para hacer que se fueran. Recordó la forma en que sus ojos habían recorrido su cuerpo cuando hablaron en la recepción, la sensación de atracción vibraba dentro de ella. La atracción seguía ahí, pero callada de alguna forma.

"...peligroso." Dean estaba diciendo atrás de ella.

Oh, mierda, ¿estaba hablando? Donna intentó cambiar su expresión para mostrar un interés educado. "Puedo asegurarte que todo está de acuerdo a las regulaciones." Ella encontró la puerta con el letrero de "Cuarto Eléctrico" al final del pasillo del tercer piso y la empujó con dos manos temblorosas para abrirla.

A diferencia del cuarto de energía real en el sótano, el cual regulaba la magia que daba energía a todos los sistemas del hotel, el cuarto que había estado preparado para la inspección humana vibraba con electricidad y brillaba con cientos de pequeñas luces destellantes. Las paredes parecían estar hechas de acero y no de hielo como el resto del hotel, y casi todas las superficies estaban cubiertas con paneles de interruptores, todos etiquetados de forma meticulosa. Un pequeño control de alarmas de incendios colocado en la pared parpadeaba con entusiasmo.

Donna dejó salir el aire fuertemente. El cuarto parecía ser como cualquier otro cuarto de control aburrido.

"Mmm." Dean caminó lentamente circulando el cuarto, tocando algunos de los paneles. "¿Este es todo su circuito?"

Donna podía sentir como sus dientes se apretaban mientras sonreía tan brillantemente como podía. "Sip, esto es todo."

Dean levantó la cobertura del panel de control de la alarma de fuego con cuidado e inspeccionó su contenido. "¿De dónde viene la información de este panel? Ya observé todo alrededor del hotel y no hay sensores, no hay detectores de humo, no hay alarmas de monóxido de carbono." Cerró la cubierta del panel de control y volteó a verla. "Todo esto es falso. Donna, debes saber que esto está mal. Tus jefes están poniendo en peligro la vida de todos los que están aquí. Tienes que decirme lo que realmente sucede."

Donna miró fijamente la cara de Dean. Quería decirle. Evidentemente había trabajado muy duro para llegar a donde estaba: su cuerpo esculpido era una prueba de eso. Cuando había chocado contra él en el bar, la mano de Dean había tocado su propia espalda de forma instintiva, una señal de que se estaba recuperando de una herida en la espalda. Aunque su cara había palidecido con dolor, no había emitido ni un sonido. *Este es un hombre que no quiere mostrar debilidad.* Obviamente le importaba la seguridad de las personas del lugar.

Y ella tenía que mentirle.

"En realidad acabamos de instalar nuevos sensores este mes." Donna miró ciegamente al panel, esperando que pareciera que sabía lo que estaba haciendo. "Estamos utilizando una combinación de imágenes termales infrarrojas y tecnología de fibra óptica que está insertada *dentro* de las paredes de hielo para proveer una cobertura completa, actualizaciones de estado en tiempo real, y la información que se necesita para realmente predecir y prevenir cualquier peligro de seguridad." *Espero que eso haya tenido sentido.* Donna intentó recordar desesperadamente escenas de varias películas de desastres para sonar convincente. "Estas son cosas de la siguiente generación. Supongo que apenas los que están trabajando en el campo de acción lo han escuchado."

La cara de Dean mostró su tristeza.

Soy una mierda. Donna intentó mantener su cara neutral, pero sabía que lo había golpeado en donde más le dolía. Era claro que Dean era el tipo de hombre que se sentiría miserable sin poder estar en la acción. Su herida probablemente lo había mandado al departamento de inspecciones mientras estaba en malas condiciones médicas y, por las arrugas en su frente, Donna vio que no estaba feliz al respecto. Asumiendo que no estaba al tanto de la tecnología más novedosa era equivalente a cuestionar todo lo que él era. *Mierda.*

Los ojos de Dean se endurecieron. "Sabía que estaban escondiendo algo desde el minuto en que te dije que era el inspector de incendios." Él recorrió el cuarto caminando, apretando y relajando sus puños. "Vas a decirme exactamente lo que está sucediendo aquí. Me voy a asegurar de que nadie muera por causa de la negligencia irresponsable de tu jefe. Y tú vas a empezar con decirme todo sobre el copo de nieve explosivamente radioactivo del sótano."

Mierda, mierda, mierda. ¡Ya lo sabe! Donna miró a su alrededor buscando inspiración.

"Escucha, puedo explicarlo todo. Lo que viste en el sótano, es...está bien." Donna sostuvo sus manos al frente como si estuviera tratando de tranquilizar a un animal salvaje. "Quiero decir, todo el hotel está hecho de hielo, no es como si fuera a estallar en llamas..."

El sonido agudo penetrante de la alarma de fuego los rodeó y unas luces parpadeantes iluminaron todo a su alrededor.

"No hemos terminado." Dean le lanzó una mirada mordaz a Donna antes de apresurarse hacia afuera.

EN EL SEGUNDO en que escuchó la alarma, Dean estaba corriendo hacia el fuego. Su espalda lanzaba olas de dolor hasta sus hombros pero lo ignoró. Vio como Donna giraba la esquina detrás de él, su teléfono en la mano.

"Sí. Se activó la alarma. Estamos investigando la causa de forma activa," le dijo a la persona del otro lado de la línea.

Bien, ya llamó a emergencias, el pensó. *Al menos a una persona del edificio le importa la seguridad.* Se sentía mal por haberla atacado el cuarto eléctrico falso. No era su culpa que sus jefes fueran negligentes. Todo este edificio era como una trampa de muerte esperando a ser activada.

Las alarmas hicieron eco por los largos pasillos de hielo y los huéspedes en varios estados de vestimenta se apresuraron, adelantándose a ellos, hacia la puerta. Él sabía que debería ayudar a llevar a otras personas hacia una zona segura y revisar el área, pero su instinto de apagar el fuego antes de que se extendiera era difícil de resistir. Cuando llegó a la habitación en llamas, cubrió su nariz y boca con su camisa y gateó hacia adelante para evitar lo peor del humo que se levantaba a su alrededor.

"¡Maldita sea!" Donna gritó. Aún tenía el teléfono contra su oreja mientras gateaba hacia él.

"¿Qué estás haciendo?" Dean gritó. "¡Sal de aquí!" La mujer era realmente estúpida o realmente valiente.

"El camión de bomberos está detrás de un choque de cinco autos en la carretera. No van a llegar hasta dentro de otros 10 minutos." Su cara estaba pálida, pero él admiró lo tranquila que parecía estar. "Creo que algunos de los huéspedes podrían ayudar." Ella comenzó a presionar botones en su teléfono, pero Dean sujetó su mano.

"¡No! Tienes que sacar a todos. Esto es serio. ¡*Tú* tienes que ir a un lugar en donde estés a salvo!" Su instinto lo dominó e intentó arrastrarla hacia atrás, lejos del fuego. Ella no se movió ni un poco. *¿Cómo puede ser tan fuerte?* Él tenía que sacarla del edificio. La idea de que algo le pasara a Donna hacía que un sudor frío corriera por su espalda.

"¡Ayuda!" Una mujer gritó dentro de la habitación.

Donna se movió hacia adelante, lejos del agarre de Dean, apartándolo con fuerza de su camino. Corrió hacia la habitación, agachándose por debajo de un carro de mucama abandonado, con Dean siguiéndola de cerca.

"¡Espera! ¡No entres ahí!" Dean gritó.

Los pies de Dean se detuvieron por completo cuando vio hacia adentro de la habitación. Las paredes eran del mismo hielo sólido que todas las demás habitaciones del hotel pero toda la pared trasera estaba hecha de árboles completamente crecidos. La red de raíces se podía ver a través del piso de hielo transparente y el pequeño bosque se estiraba a través del techo y hacia la habitación de arriba. Las ramas cubiertas de hojas echaban chispas y estaban cubiertas de llamas que saltaban de una rama a la siguiente. Una pintura de nubes en el techo creaba la ilusión de que la habitación estaba en el exterior, pero el hermoso patrón se estaba obscureciendo rápidamente con el humo.

"¡Moe! ¡Necesitas levantarte!" La voz de la mujer llevó a Dean hacia la esquina de la habitación. Bajo una mesa cubierta con vasos rojos volteados, una mujer estaba hincada a lado de un joven hombre que intentaba sentarse. La mujer tenía una enorme mochila para acampar rosa y morada en su espalda que tocaba la parte inferior de la mesa y casi parecía brillar con el humo.

Dean intentó agacharse para llegar a la pareja pero el movimiento repentino le causó espasmos de dolor en su espalda. Se dejó caer sobre sus rodillas en el piso de hielo mojado, el agua atravesó sus pantalones de mezclilla. *Dios, ¡la habitación se está derritiendo!* Las olas de dolor pulsaban desde su espalda baja, subiendo por su espina dorsal y haciendo que todas sus articulaciones dolieran. Sus puños se cerraron fuertemente mientras intentaba ponerse de pie. *Odiaba* sentirse tan débil.

Donna pasó a su lado corriendo, con un extinguidor en la mano. Lo apuntó hacia el techo y comenzó a rociarlo.

"¡No! ¡Empieza desde la base del fuego y trabaja hacia arriba!" él gritó. Logró ponerse de pie de nuevo. Sabía que no debía estar ahí pero no permitiría que la amenaza de volver a lastimarse la espalda evitara que ayudara de la forma en que pudiera.

"¡Lo tengo!" ella gritó de vuelta, moviendo el cilindro para apuntarlo hacia abajo al lugar de donde se originaban las llamas. La madera que se estaba quemando se rompió e hizo sonidos, lanzando cenizas rojas por todos lados. El extinguidor estaba ayudando a controlar la expansión pero el fuego ya había consumido casi todos los troncos. Los árboles iban a caer y él necesitaba sacar a todos hacia un lugar seguro antes de que eso sucediera.

"Moe, cariño, ¡necesitas levantarte!" La mujer con la gran mochila insistió de nuevo. Estaba intentando empujarlo, pero sus esfuerzos eran completamente inútiles.

"¡Dean! ¡Esto no está funcionando! ¿Qué hacemos?" Donna gritó desesperada. El extintor estaba lanzando sus últimos contenidos, casi vacío.

Piensa, piensa, piensa.

"El fuego necesita oxígeno y combustible para seguir quemando. Si detenemos el flujo de oxígeno, o eliminamos el combustible, detendremos el fuego," él dijo.

"Conozco a alguien en el piso de abajo que puede ayudar." Donna apuntó a la niña que seguía empujando a Moe sin ningún efecto. "Tú, ve por Lola en el bar. Dile que necesita hablarle a la hidra de la habitación 403."

¿Hidra? Dean pensó. *Este hotel tiene las palabras más extrañas para denominar a las cosas.* Pensando en la extraña conversación que había escuchado entre las mucamas en el sótano, recordó el carro abandonado en el pasillo.

"Pero... ¡Moe!" La niña inhaló fuertemente al decir el nombre, unas lágrimas caían por su cara mientras seguía jalando la playera del joven inútilmente.

"Yo me encargo," Dean dijo. Se movió con esfuerzo hacia el pasillo, intentando no lastimar su espalda de nuevo. Tomó el carro abandonado, aventó las toallas al piso y lo empujó dentro de la habitación hacia el lado de Moe.

"Corre, ve por ayuda," le dijo a la niña.

Ella se paró de un saltó y salió corriendo tan rápido que parecía como si hubiera salido volando de la habitación, su gran mochila rosa y morada brilló un poco en la visión de Dean. Él parpadeó, intentando limpiar el humo de sus ojos mientras se enfocaba de nuevo en subir a Moe al carro.

"Es...el...calor." El joven hombre gimió. "Lo...siento...no puedo..." Moe intentó sentarse de nuevo, después volvió a caerse, sus ojos se fueron hacia atrás. Dean observó a Moe. Era un tipo delgado, de altura promedio. Antes de su accidente, Dean simplemente hubiera cargado a Moe hasta un lugar seguro, pero el dolor en su espalda baja le recordó sus limitaciones de nuevo. Dean sabía que no podía cargarlo, pero debería poder empujarlo sobre el carro.

Intentó levantar los brazos de Moe y casi se cayó. Dean inhaló profundamente y comenzó a toser al inhalar el humo. Todo el techo estaba negro por el mismo.

Necesitamos salir de aquí. Dean controló el pánico que comenzaba a surgir en su pecho. No podía irse sin el niño. Empujó a Moe de nuevo, pero se sintió como si estuviera empujando una pared.

"Uf." Dean gimió. "¿Qué te dan de comer?" Dean intentó bromear para aminorar la sensación de pánico que tenía a su corazón atrapado. Agarró los pies del niño pero cada uno era tan pesado que era como si estuvieran pegados al piso.

"Diamantes." Moe gimió. "Deliciosos."

Donna gritó sobre su hombro. "¡Alguien llegará pronto a ayudarnos!"

"Necesitamos sacarlo de aquí," Dean dijo. "Es tan pesado; necesitaremos algún tipo de palanca para subirlo al carro."

El extinguidor hizo un último sonido de aire al acabarse finalmente. Ella lo lanzó al pasillo y se dejó caer al piso para ayudarlo.

"Es un yeti." Donna dijo. "Está hecho de piedras."

"¿Qué?" Dean intentó mantener la calma. *¿Por qué diría algo tan loco en un momento como este?*

Un rugido se escuchó desde el pasillo, seguido por un sonido que parecía como una avalancha que se dirigía hacia ellos.

"Estaremos bien," Donna dijo. "Ya viene la caballería."

Una figura enorme apareció por la puerta del cuarto.

Por un segundo, Dean vio un camión Mack atravesando la puerta. Parpadeó y la imagen se transformó en una enorme grúa con docenas de brazos que se movían independientemente.

Esto es imposible.

El extraño brillo que había visto alrededor de muchas de las personas en el hotel se transformó frente a él. Toda la habitación parecía brillar más de repente, como si hubiera una cortina brillante frente a ellos que se estaba volviendo cada vez más delgada.

La grúa en la puerta rugió y la cortina se rompió.

No es una grúa.

Ocupando toda la entrada se encontraba un gran monstruo verde brillante de más de 3 metros de altura con el cuerpo de una lagartija y fácilmente cincuenta cabezas pegadas a unos cuellos largos, como de serpientes, que salían de su pecho.

Y no es un camión.

Cincuenta lenguas salieron al mismo tiempo, probando el aire. Rugió de nuevo, haciendo que el candelabro del techo temblara y rebotara.

Esa es una maldita hidra.

Dean sintió como si estuviera en algún tipo de sueño lúcido del cual iba a despertar en cualquier momento.

"Necesitamos sacar todo el oxígeno de la habitación," Donna le dijo al monstruo. Él giró todas sus cabezas hacia ella.

"¡No!" Dean gritó, lanzándose frente a Donna antes de que el monstruo pudiera atacarla.

"Lleva al yetttti a un lugar ssseguro," el monstruo habló como una serpiente, el sonido parecía venir de varias cabezas a la vez.

Dean sintió como crecía un dolor de cabeza detrás de sus párpados. Cada recuerdo de las últimas horas en el hotel lo inundó de pronto, con su nueva visión.

El personal no es humano.

Los dos empleados que había visto colgando decoraciones navideñas en el pasillo: un trol con piel verde brillante y con un hongo creciendo en su frente y una salamandra de cuatro patas caminando en sus patas traseras.

No hay códigos.

En realidad había una sirena en una bañera en algún lugar, y las dos mucamas no habían estado empujando carros, habían estado empujando literalmente calderos que le llegaban a la cintura y que contenían pociones pulsantes. La mujer que Donna había enviado por ayuda no había estado usando una mochila rosa y morada: eran alas. Y había *volado* para salir del cuarto.

Todo empezaba a tener sentido de una forma extraña. El sistema eléctrico falso. El copo de nieve con luz pulsante que proveía energía a todo.

Todo es mágico.

Miró a Moe. La piel del hombre era blanca como mármol, con venas negras que corrían por sus brazos y manos. Toda su cara estaba cubierta con pelo blanco y grueso y, cuando gemía, Dean podía ver unos enormes colmillos que salían de sus encías.

Todo el mundo de Dean parecía estarse derritiendo a su alrededor y parecía estar siendo formado de nuevo en una figura que no reconocía. ¿Cómo se suponía que haría su trabajo cuando había magia a su alrededor? Si algo mágico atacaba, ¿qué podría hacer?

"Todo lo que conozco está mal," el murmuró.

La pequeña mano de Donna encontró su brazo. Se forzó a verla, temiendo lo que iba a ver. Pero se veía igual, sus ojos simplemente de un azul un poco más brillante de lo que recordaba. Parecía estar triste.

"No estás mal. Solo que hay *más* en el mundo que lo que conocías."

El fuego continuó quemando y haciendo sonidos. Uno de los árboles comenzaba a inclinarse y quejarse.

"¡Se va a caer!" Dean gritó, su instinto lo sobrepasó y lanzó su cuerpo sobre el herido Moe. No importaba lo largos que fueran sus dientes de Yeti, Dean iba a protegerlo.

"Moe es demasiado pesado para que nuestros cuerpos humanos lo muevan," Donna dijo. Comenzó a quitarse su camisa y a desabotonar su falda y los ojos de Dean se abrieron ampliamente.

"¿Cuerpos humanos?" La mente de Dean comenzó a viajar. "¿Qué demonios estás haciendo?"

Ella miró al fuego. "Cierto. No hay tiempo. Mierda. Me gustaba esta camisa." Cerró sus ojos por un segundo y después su cuerpo comenzó a transformarse. Su cabeza y pecho se expandieron mientras sus brazos y piernas se acortaron, todo su cuerpo se movía y estiraba para formar una figura enorme. Su ropa se estiró y se rompió cuando ya no podía contenerla, los botones volaron por la habitación. Un pelaje café salió y creció sobre cada centímetro de su piel. Dean se alejó de ella.

¿Qué? ¿Qué? ¿Qué?

"Debí haber mencionado." La voz de Donna era grave y profunda mientras su cuerpo acababa de transformarse. "Me puedo transformar en oso."

El Oso-Grizzly-Que-También-Era-Donna agarró a Moe por el abdomen y lo levantó como si fuera un salmón saltando en un riachuelo. Lo depositó sobre el carro y le gruñó a Dean. "Sácalo de aquí. Betsy se encargará del resto."

Dean colocó sus hombros contra el carro y empujó con

todo lo que tenía. Finalmente, las ruedas chillantes comenzaron a girar y pronto, él y Moe estaban en la puerta. La hidra - ¿*Betsy*? – se movió de lado para dejarlos pasar, con Donna en su forma de oso siguiéndolos de cerca.

Dean empujó el carro por el pasillo, lejos del humo que seguía saliendo del cuarto. Entre más se alejaran del fuego, más parecía volver en sí Moe, cambiando su peso y gimiendo en el carro.

La mujer que había estado cuidando a Moe voló hacia ellos rápidamente, sus alas rosas y moradas se movían tan rápido que apenas podía verlas de forma borrosa. Dean ahora podía ver que su vestido estaba hecho de pétalos de flores unos sobre otros y su cabello de lianas verdes. Besó a Moe suavemente en los labios.

"¡Moe! Cariño, ¿vas a estar bien?" ella dijo. Dean observó que las lágrimas que caían por sus mejillas se convertían en abejas que se alejaban volando por el pasillo.

El mundo es un lugar muy extraño.

Moe levantó su brazo y tocó la mejilla de la mujer. "Mi adorada hada, mi amor. Estaré bien. El humano valiente de la osa me salvó."

Un fuerte ruido del cuarto hizo que Dean volteara a ver. Betsy, la hidra, estaba moviendo todas sus cabezas a la vez, moviéndolas tan rápido que las había convertido en un enorme ventilador que estaba sacando el aire del cuarto. El viento humeante golpeó la cara de Dean.

La mujer - ¿*el hada*? Dean pensó que nunca iba a poder distinguir a todas esas criaturas – le sonrió a Dean, sus dientes eran unas atractivas puntas carnívoras.

"¡Gracias! ¡Salvaste a mi amor! ¡Te prometo que nunca volverás a tener un dolor de muelas en tu vida!" Ella tocó la mejilla de Dean y él sintió un tipo de energía extraña pasar por su quijada. Abrió su boca intentando experimentar pero la sensación ya había desaparecido.

Donna corrió hacia ellos, de vuelta en su forma humana con una sola cobija envuelta alrededor de su cuerpo. Su cabello estaba enredado y despeinado alrededor de su cara, como si acabara de levantarse de la cama y, a mitad de todo el suceso, él no pudo evitar pensar que Donna era la visión más erótica que había visto en su vida.

"El fuego se extinguió. Tenías razón. En cuanto Betsy sacó todo el aire, las flamas se extinguieron por completo." Volteó a ver al hada y a Moe. "Lo siento tanto. Por supuesto que les reembolsaremos por completo su estancia y recibirán mejoras en su habitación en futuras ocasiones. Ya llamamos al médico para que revise a Moe..."

"No es necesario," Moe dijo, levantándose rápidamente. "Ahora que estoy lejos del calor, estoy bien. Solo queremos olvidar este horrible suceso." Apoyándose un poco en el hada, caminaron por el pasillo hasta dar la vuelta en la esquina.

Dean los miró, esperando que todo comenzara a tener sentido. Tenía la sensación de que iba a esperar mucho tiempo.

"Entonces..." Donna dijo. Movió la cobija para apretarla un poco más alrededor de su pecho. *Oh dios, está desnuda bajo la cobija,* Dean se percató.

"¿Estoy...despierto? Todo eso realmente sucedió, ¿verdad?" él dijo.

Donna suspiró y acarició su brazo. "Sí, lo siento, pero sí."

"Dios, ¡el camión de bomberos! Llegará en cualquier momento. ¿Qué les vamos a decir?"

Donna mordió su labio. "No los llamé en realidad. Te dije eso para que no los llamaras *tú*. Tenemos nuestra propia forma de lidiar con este tipo de cosas, como ya viste.

Vamos a mi oficina. Tengo un cambio de ropa ahí, y podemos hablar." Ella extendió su mano hacia él.

Dean agarró la mano como si fuera un salvavidas. "Sí. Parece que tenemos mucho de qué hablar."

EL CORAZÓN de Donna se aceleró mientras sacaba su traje de trabajo de repuesto del último cajón de su escritorio. Se había arrugado un poco durante los últimos meses. Donna casi no tenía razones para, de repente, transformarse durante el trabajo y sacó el traje azul esperando que se desarrugara un poco.

Dean, con tacto, volteó hacia otro lado, esperando a que se vistiera. Prácticamente irradiaba ansiedad y Donna sintió simpatía por él como un peso en sus hombros. En solo una hora, toda su visión del mundo se había transformado por completo.

¿Cómo demonios voy a explicar todo esto? Donna sentía la tentación de vestirse tan lentamente como fuera posible para tener más tiempo. Su jefe, Ben, una vez había tenido que tener la plática de "todo lo que crees que es un mito es real" con la gerente del hotel, Sally. Los humanos siempre se resistían a conocer la verdad, aún cuando la tenían en sus narices. Donna apretó el puente de su nariz. Odiaba las conversaciones difíciles.

Escuchó el movimiento de los pies de Dean contra la alfombra detrás de ella. "Entonces..." Dean comenzó, su tono era casual pero aún un poco consternado. "Puedes transformarte en un oso."

"Puedes voltear. Ya estoy vestida."

Dean giró hacia ella. El pobre hombre parecía tan preo-cupado que Donna tuvo que controlar su impulso de tomarlo entre sus brazos. Había una profunda línea de preocupación entre sus cejas y estaba caminando de un lado a otro, casi de forma maniaca, como si al dejar de moverse, todo se destruiría.

Soy un oso y la magia es real. Las palabras estaban atoradas en su garganta.

Ella tosió y lo intentó de nuevo.

Los humanos son ciegos por naturaleza. Felicidades por ser diferente. Parecía hostil y poco empático aún en su cabeza.

Entonces la idea llegó a su mente como un relámpago. "¿Juegas cartas? ¿Póker?"

"Bueno, sí. Pero no puedes distraerme." La voz de Dylan era seria. "Quiero respuestas."

"Y te las voy a dar." Donna se sentó en su escritorio y sacó un juego de cartas de su primer cajón. Hizo un ademán a Dean para que se sentara en la silla de enfrente. "Cinco cartas. Podemos platicar mientras jugamos. Te dará algo normal con lo cual trabajar mientras hablamos de lo loco." Donna revolvió las cartas y comenzó a repartir. Vació la caja de clips de papel sobre la superficie del escritorio y le pasó la mitad a Dean. "Fichas de dólar."

La expresión de Dean era de escepticismo.

Donna sonrió. "Hoy aprendiste que el mundo es mucho más grande de lo que pensaste." Levantó sus cartas. "He aprendido que ganar unos cuantos dólares puede hacerte olvidar el dolor de casi cualquier cosa."

Dean deslizó los clips de papel en pilas de cinco frente a él. "Me parece justo, pero no pienses que te vas a salvar de responder mis preguntas." Dean pasó su mano por su cabello café corto, agarrando la base de su cuello.

"No soñaría con eso." Ella se concentró en mantener su expresión casual y serena mientras estudiaba los sutiles cambios en el lenguaje corporal de Dean. Había jugado cartas suficiente tiempo como para conocer que el juego realmente se trataba de leer al jugador. Dean no era tan malo como otros que había visto; estaba manteniendo su cara y hombros prácticamente impasibles, pero había pasado por demasiados shocks en el último día como para poder esconder por completo la tensión de sus músculos.

"¿Quién eres? ¿Cómo puedes transformarte en un oso?" él preguntó, cambiando las cartas de posición en su mano.

"Es algo hereditario. Todos en mi familia nos transformamos en osos. Hay muchas otras personas que se transforman también: en tigres, dragones, lobos, lagartijas y muchos más."

"¿Lagartijas? Es una broma."

Ella levantó una ceja y sonrió. "Tal vez."

Ella esperaba que tuviera más preguntas, pero Dean estaba mirando fijamente un punto en la pared detrás de su escritorio. Dejó de reírse cuando se dio cuenta de lo que estaba viendo.

"¿Esa es *la* Cleo?" él dijo, sus ojos bien abiertos. "Es multimillonaria, más que multimillonaria. ¿Existe la palabra trillonaria? ¿También es un oso?"

Donna se levantó para tomar la foto de la pared y la llevó al escritorio. "Sí, es mi hermana. Tomé esta foto de nosotras cuando viajamos a Grecia. Nos la pasamos muy bien, pero probablemente no debería tenerla en exhibición aquí. Parece que quiero pretender ser genial por asociación."

Él estudió la imagen y Donna sintió un viejo dolor aparecer en sus entrañas. Cada novio que había tenido desde el segundo grado echaba un solo vistazo a Cleo e inmediatamente sabía que Donna no era más que un premio de consolación. Donna amaba a su hermana y estaba orgullosa de todo lo que había hecho para transformar el pequeño negocio familiar en un conglomerado multinacional, pero a veces Donna pensaba que sería agradable tener una hermana que fuera un poco menos intimidante.

Dean le regresó la foto a Donna. "Te ves preciosa en esta foto. Entiendo por qué la tienes por aquí. Si tienes tanto dinero, ¿por qué estás trabajando en un hotel?"

Donna sintió como si el piso se moviera bajo su silla. *¡Preciosa!* ¿Cuándo había sido la última vez que un hombre había dicho eso sin ironía? "Mi familia es rica, yo no. Yo vivo de lo que gano aquí e intento ser una persona normal." Quitó de sus ojos una mecha de pelo. "Bueno, una mujer oso normal, al menos."

Los ojos verdes de Dean parecían penetrarla. "Entonces el dinero no es un problema para ti." Él señaló a los clips de papel que estaban esparcidos en el escritorio. "¿Entonces qué sería una verdadera apuesta?"

Donna sintió como si estuviera esperando a que algo cayera. ¿Cuándo iba a comenzar a hacer preguntas personales sobre Cleo? ¿Cuándo iba a dejar de verla como si fuera la criatura más fascinante que había visto?

Donna respiró profundamente. *Chica, será mejor que disfrutes el momento.* "Póker de prendas." Su corazón martillaba como si intentara escapar de su pecho. "¿Esa te parece una verdadera apuesta?"

Dean pasó su lengua por su labio inferior. "Bien, el perdedor se tiene que quitar una prenda de ropa y, durante cada mano, tienes que responder una de mis preguntas sobre este tema de magia, sin importar quién gane."

"Qué tal si, después de cada turno, ¿cada uno hace una pregunta? Y la respuesta tiene que ser verdadera."

Espero a que él se negara, pero solo la miró más fijamente.

"Acepto la apuesta," Dean dijo.

Donna agregó unos clips de papel. *Bueno, aquí vamos.* "Entonces, ¿qué quieres saber?"

Dean miró su mano y colocó dos cartas sobre la mesa. "Caminé por este hotel toda la mañana y no vi nada extraño. Después, cuando vi a esa hidra fue como...Ni siquiera sé cómo describirlo. Todo cambió. ¿Qué pasó?"

Ella le repartió dos cartas y tomó una para sí misma. "Lo llaman la Visión. La mayoría de los humanos no puede ver las cosas sobrenaturales que pasan en frente de sus narices. El cerebro le busca una explicación, crea excusas para todo. ¿Un gran dragón en el camino? Verás un choque de autos, o algo más que te prevenga de meterte en una situación potencialmente peligrosa. Probablemente te has topado con nosotros todos los días sin saberlo. Pero eventualmente es demasiado, como lo que te sucedió hoy, y la mente no puede encontrarle una explicación a todo. El velo de la percepción falsa se cae y puedes ver todo, para siempre."

Dean lanzó al pozo unos clips. "Aumento la apuesta. Cuando vi por primera vez el cuarto de energía en el sótano, parecía como algo peligrosamente avanzado, casi nuclear. Ahora que tengo la Visión, mi recuerdo de ese cuarto es como de un copo de nieve gigante suspendido a la mitad del aire con rayos de electricidad que pasan a través de él. Tienes que decirme, ¿qué es eso? ¿La gente de aquí está a salvo?"

Donna casi tiró sus cartas. *El mundo entero de este hombre se acaba de voltear de cabeza y aún intenta proteger a todos.* Donna deslizó su mano sobre el escritorio y la colocó sobre la de Dean. "Sí, todos están a salvo. Lo que viste es un centro de hechizos. Este lugar funciona con una cantidad enorme de magia; es la forma en que evitamos que el lugar se derrita. Hasta nuestros sistemas de seguridad y de incendios son mágicos, integrales, con una red de monitoreo constante. El centro de hechizos es lo que refuerza constantemente los hechizos iniciales."

"Entonces, ¿es un copo de nieve gigante encantado que lanza magia conforme se requiere?" Dean suspiró, sobando su frente. "Sí, eso suena muy seguro."

"Si te hace sentir mejor, solo se *ve* como un copo de nieve."

"¿Entonces qué es en realidad?" él preguntó.

"¿Y yo cómo voy a saber? Soy una multimillonaria que se transforma en oso, no una bruja. Y no es mi turno de contestar preguntas." Donna agregó clips al pozo. "Acepto la apuesta. Muestra las cartas." Dejó caer sus cartas hacia arriba sobre la mesa y mostró un trío y un par que le sonreía

"Mierda." Dean mostró sus cartas, un par de 3, e hizo una mueca.

Donna se rió mientras deslizaba los clips hacia su pila. "Perdiste, quítate una prenda."

Dean la miró por un segundo, después se agachó para quitarse un zapato y lo lanzó a una esquina de la oficina.

"Que aburrido eres." Donna miró la amplia expansión de su pecho.

Dean guiñó un ojo. "¿Qué? El juego apenas empieza. Tengo que dejarte con ganas de más."

"Jaja, me parece justo." Ella repartió la siguiente ronda y puso su apuesta. "Es mi turno de preguntar. Me encanta esto. Es como jugar verdad o reto. Bueno, verdad: ¿por qué acabaste siendo enviado al departamento de inspecciones? Evidentemente estabas acostumbrado a estar en el campo."

Dean hizo una mueca de dolor y colocó su apuesta. "Tuve un accidente, hace como un año. No me gusta hablar de eso."

Ella apuntó a las cartas. "Así no se juega esto. Yo respondí tus preguntas, dos preguntas."

Él miró hacia otro lado. Por un segundo, su cara se llenó de mucho dolor. Donna tuvo que controlar sus lágrimas. "Solo digamos que mi accidente me enseño que los bomberos obstinados y heridos no le son de mucho uso a nadie."

Donna aclaró su garganta. "No estoy de acuerdo con eso, pero esa es tu verdad, supongo." Dejó salir un suspiro largo y se forzó a que su voz sonara juguetona. "Te toca mostrar tus cartas." Como suponía, él perdió de nuevo. Ella guiñó un ojo. "Quítate algo."

Él se quitó su camisa, desnudándose lentamente y provocando que la boca de Donna se resecara. Él podría ya no ser un bombero activo pero el hombre estaba *completamente esculpido*. Lamió sus labios.

"Con cuidado, estás perdiendo tu cara de póker." Él sonrió y ella sintió como se sonrojó. Dean vestido era guapo. Dean sin camisa era como una obra de arte.

Rápidamente repartió la siguiente mano, orgullosa de que sus manos no vacilaran a pesar de que todo lo que quería hacer era tocar su pecho desnudo.

"¿Qué hace una rica heredera trabajando en un – admito que es increíble y aparentemente mágico – hotel? ¿No deberías estar volando en tu jet privado a tu isla privada para beber cocteles con pequeñas sombrillas en ellos?"

Donna reemplazó las cartas que Dean y ella habían descartado. "Supongo que siempre pensé que era extraño crecer en una familia rica. No es como que haya *hecho* algo para ganármelo. Y la loca cantidad de dinero de la familia existe por los esfuerzos de mi hermana Cleo, no los míos."

"Supongo que es como yo que *nací* siendo devastadoramente guapo." Dean hizo una cara seria en forma de burla sobre sus cartas mientras agregaba más clips al pozo. "Aumento la apuesta."

"Oh sí, exactamente como eso." Donna se rió, agregando sus clips. "Toda la familia quiere que me case con alguna otra persona rica y que me encierre en alguna mansión."

"Eso suena demasiado irrespetuoso." Los ojos de Dean brillaron. "Eres increíble. No cambies por esos cretinos."

Donna podía sentir su cara sonrojarse. No estaba segura sobre quién intentaba seducir a quién en este momento. "Es eh...momento de mostrar tus cartas."

Como Donna esperaba, ganó la mano. *Hay algunas cosas que nunca se olvidan.* Leer el lenguaje corporal de las personas siempre había sido una de sus mejores habilidades, aunque definitivamente no le ayudaba a llevar a su familia la misma cantidad de dinero que Cleo producía.

Mientras Dean se quitaba su otro zapato, Donna lamió sus labios. *Todos esos años jugando póker para pagar mi universidad realmente sirvieron de algo.* Sonrió traviesamente.

Para cuando Dean había perdido su séptima mano seguida, era evidente que comenzaba a darse cuenta del problema en el que estaba metido. Se defendió haciendo que fuera difícil para Donna concentrarse, doblando y estirando sus músculos, estirándose para agarrar las cartas del piso para que ella pudiera ver su hermoso trasero. Para cuando Dean solo estaba usando su ropa interior con diseño de camiones de bomberos, Donna aún estaba prácticamente completamente vestida, pero estaba a un par de manos de distancia de rendir su dignidad y simplemente gatear sobre el regazo de Dean.

Dean dejó caer un grupo de cartas de números en el escritorio. "Me retiro. Entonces hemos hablado de hadas, brujas, teoría de magia, Vikingos malditos y un montón de información que apenas puedo ordenar. Y entiendo por qué no podía verlos antes de esto, pero, ¿por qué se esconden las criaturas mágicas en primer lugar?" Revolvió las cartas. "Puedo entender que los humanos, como grupo, no son muy buenos para lidiar con cosas nuevas y diferentes. Pero no es *posible* que ustedes estén preocupados por que los ataquen: son muy poderosos."

"¿Quién dice que nos estamos escondiendo?" la voz de Donna era dura. "Los humanos no pueden vernos hasta que están verdaderamente listos para hacerlo. ¿Alguna vez has leído sobre las criaturas ridículas e increíbles que viven en las profundidades del océano? Somos un poco como eso: increíbles, pero difíciles de ver." Se levantó un poco de su silla. "Mi gente no se está escondiendo, ¡la tuya no está buscando!"

Dean la miró fijamente. "Eso fue..."

Donna se sintió avergonzada inmediatamente. Cleo siempre decía que el temperamento de Donna era más corto que la primera vez de una virgen. Enfocó su mirada en sus pies, su enojo ya se había ido. "Eso sonó mucho más agresivo de lo que quería. Solo puedo enfadarme..."

"Eso fue sensual." Dean caminó alrededor del escritorio, el aroma de excitación salía de él en olas. El olor era increíble. Donna sintió como se inclinaba hacia él; las manos de Dean encontraron su cintura y la jaló más cerca. Donna sostuvo su respiración, cada fibra de su cuerpo lo deseaba. Sus labios estaban a solo centímetros de distancia.

El celular de Dean sonó con una tonada de jazz. Él se alejó de ella.

Maldición, Donna maldijo.

Él agitó su cabeza y frotó sus ojos como si estuviera saliendo de un trance.

"Mierda, me olvidé de eso." Dean sostuvo el teléfono. "Es la caballeriza."

~

EL NOMBRE del Jefe Brody en la pantalla de su teléfono parecía juzgarlo. Dean no se atrevió a mirar a Donna o a pensar sobre lo que casi había sucedido.

"¿Sí? Señor." Dean dijo al teléfono. Esperaba que su miedo no fuera aparente a través del auricular. *¿Por qué? ¿Por qué demonios llamé a mi viejo jefe?*

"Hijo, dijiste que tenías un problema." La voz grave del Jefe Brody sonaba extremadamente seria a través de altavoz del teléfono.

Dean agarró sus pantalones, pasando sus piernas por ellos tan rápidamente que casi se los puso al revés. "No, eso no es necesario, señor. Creo que tengo todo solucionado. No necesita venir." Él miró a Donna, pero ella ya se estaba moviendo, agarrando ropa y lanzando algunos archivos sobre el escritorio para ocultar el juego de póker. Dean intentó recordar desesperadamente qué tantos detalles le había dado a Brody por teléfono. Se había preocupado lo suficiente por sonar loco como para no dar tantos detalles pero, ¿qué había dicho? "Tengo todo bajo control."

"Hijo, en mi experiencia, cuando uno de mis hombres dice eso, es exactamente cuándo necesito mandar apoyo. De cualquier forma, ya estoy aquí."

"¿Qué?" Dean abrió la puerta de la oficina de Donna y se detuvo.

El Jefe Brody estaba parado a la mitad del pasillo, su teléfono aún estaba presionado sobre su oreja. No se veía muy diferente de cuando se había retirado un par de años antes: los mismos hombros fuertes, la misma pequeña curva sobre su cinturón, las mismas arrugas como marcas geográficas en su frente. Parecía un poco más cansado de lo que

Dean recordaba, pero aún tenía la misma dignidad silenciosa.

Oh mierda. Oh mierda. Oh mierda. Dean sintió cómo corría sudor por su espalda.

"Jefe," Dean dijo.

"Michaelson. Ha pasado un rato, hijo." Los ojos de Brody miraron a Dean de arriba hacia abajo, con solo un ligero movimiento de una ceja para revelar que tenía una opinión sobre la ropa desaliñada de Dean. "Me dijiste que había un problema. ¿Acaso el problema se robó tu camisa?"

"No, eh, no," Dean tartamudeó. "Hubo un incendio..."

"¿Tu ropa se quemó en un incendio? Sabes que no debes mentirme, chico," Brody dijo. "¿Qué es lo que realmente sucede?"

"Eh..." Dean sabía que no podía mostrarle a Brody el cuarto eléctrico. Ninguno de ellos. El verdadero provocaría que el jefe llamara a las tres agencias de gobierno que tenían nombres de tres letras, y el falso no lo engañaría ni un instante. "Hubo un incendio. No estábamos seguros sobre cuál había sido el punto de origen. Necesitaba una segunda opinión."

Brody gruñó ligeramente para mostrar que no le creía y pasó sus pulgares por los aros del cinturón. "¿Y por qué no llamaste a los chicos de tu oficina? Si esta es una potencial escena de crimen, eres lo suficientemente inteligente como para hacer algo mejor que llamar a un perro retirado como yo."

"Usted no es un perro retirado," Donna interrumpió.

"Es una larga historia," Dean dijo. "Déjeme ponerme unos zapatos y le mostraré el lugar."

Brody le echó otro vistazo juicioso. "Está bien, hijo, hazlo."

Dean se metió a la oficina y comenzó a ponerse el resto

de su ropa. Su zapato había acabado debajo del sofá, tan adentro que le tomó un momento vergonzosamente largo alcanzarlo.

Cuando Dean se veía tan respetable como podía bajo las circunstancias, salió para encontrar a Donna y Brody riéndose en el pasillo.

"¿De verdad me estás diciendo que se subió al árbol?" Donna se rió. Esto iluminó toda su cara y Dean se quedó en la entrada de la oficina, simplemente viéndola.

Brody no estaba realmente sonriendo pero sus ojos bailaban. "Te lo aseguro. Ese hurón mascota no estaba bajando y nada de lo que dijimos detuvo a nuestro chico de subir y bajar a ese roedor. No iba a aceptar ayuda de nadie. Le intente decir que esa cosa tenía mejores garras que él pero Dean insistió."

Oh mierda, esa historia otra vez no. Dean suspiró. *Al menos no le está contando sobre el accidente.*

Dean caminó hacia ellos para unirse. "Si hubieras visto la cara de esa niña intentando hablarle a esa cosa, tú también hubieras querido subirte al árbol."

"¿Cómo se veía su cara cuando el hurón te mordió y te caíste sobre un arbusto?" Donna tenía una enorme sonrisa en su cara.

Genial, ya le contó el final de la historia. Perfecto. "Estaba muy feliz," Dean dijo, manteniendo una sonrisa en su cara a pesar de sus dientes apretados. "Sostuve mi agarre en el hurón durante toda la caída y se lo regresé con solo unos cuantos rasguños en mi piel. La horrible bestia vivió para contar la historia."

Brody rió. "Solo estaba platicando con tu amiga. Parece que la has mantenido ocupada hoy." Dean no sabía si el viejo hombre estaba impresionado o lo estaba regañando.

"Sí, sobre eso. Te llevaré a ver el lugar del incendio."

Dean agarró fuertemente el codo de Brody y apretó, llevándolo por el pasillo. Donna rápidamente los alcanzó por el otro lado de Dean y se paró en la punta de sus pies para murmurar en su oído.

"Mantenlo ocupado durante la siguiente hora. Se me ocurrirán más formas de evitar que busque cosas." Sus labios apenas tocaron la mejilla de Dean mientras hablaba, el ligero susurro de un beso que hizo a Dean sonrojarse desde la cara y hasta el pecho.

Él asintió con la cabeza, sin que Brody lo viera. Ella caminó rápidamente en la dirección opuesta del pasillo y desapareció bajando las escaleras.

"Ahora, veamos este problema que tienes," Brody dijo.

"Si, jefe."

La habitación se veía aún peor de lo que Dean recordaba. Cuando había estado a la mitad de las llamas, había estado tan distraído que no había echado un buen vistazo a la destrucción. Los árboles en la parte de atrás de la habitación estaban reducidos a carbón. El hecho de que aún estuviera de pie seguramente tenía que ver con algo de magia. La pintura con movimiento de nubes en el techo estaba cubierta con patrones de humo en espirales que daban la ilusión de que el cuarto estaba bajo un volcán.

Brody lo miró de lado. "¿*Esto* es lo que te tiene pidiendo ayuda por primera vez en tu vida?" Se hincó para examinar las líneas de ceniza en el piso. "Pensé que tendrías que atravesar un reactor nuclear antes de llamarme."

Dean se rió pero sabía que el sonido parecía un tanto asustado. "Por supuesto que no. Ja. Ja. Usted fue mi mentor. Me entrenó en cómo leer un fuego. Por supuesto que sería la primera persona a quien le preguntaría sobre cómo encontrar un punto de origen complicado." Apuntó al cuarto. Si no hubiera sabido que había magia involucrada en este hotel, hubiera adivinado que el fuego de la habitación había tenido tres puntos de origen simultaneaos, todos más o menos a la altura de la vista a la mitad de las paredes opuestas. Era el tipo de situación que raramente ocurría, a menos que fuera en casos de vandalismo. No había tenido la oportunidad de hablar con Moe o con su novia hada desde que los había salvado, pero ninguno tenía el tipo de vándalo, especialmente cuando a Moe le afectaba tanto el calor.

Brody caminó lentamente alrededor del cuarto, observando los vasos rojos volteados en la mesa y los tres lugares de origen en la pared. Hizo un sonido que era parte risa y parte suspiro mientras sacaba su teléfono.

Dean saltó hacia adelante. "¡Jefe!" Dean gritó, tomando la mano del hombre Viejo. *¡No puede llamar a otras personas para que vengan!* "¡Quiero hablar con usted de algo!"

Brody lo miró, volteó a ver su teléfono y después lo miró de nuevo. "¿Sí, hijo?"

Mierda. Dean no tenía idea de qué podía preguntarle.

"Me gusta una mujer." Dean inmediatamente quería darse un golpe con su mano en su frente.

Brody asintió de forma seria. "Sí, bueno, hijo, no sé si soy la mejor persona para darte ese tipo de consejos. Soy un soltero confirmado."

Dean sintió como el sudor se acumulaba en su cuello. Brody aún tenía su teléfono en la mano, listo para llamar a los oficiales que vendrían y podrían encontrar el generador mágico y cerrar el hotel con pretextos de ser un lugar terrorista.

Solo haz tiempo.

"Bueno, esta chica es especial. Viene de una familia muy diferente a la mía." Una vez que comenzó a hablar, las palabras simplemente se tropezaron, saliendo desde su boca. "Viene de una familia de dinero, pero es muy humilde al respecto. Es hermosa, pero parece no darse cuenta. Y es muy inteligente y lista pero no le dan suficiente crédito por lo mismo. No tengo idea de lo que ve en mi pero sé que mis movidas usuales no van a funcionar con ella."

Brody lo miró fijamente por un momento, después levantó una ceja. "¿Tienes movidas?"

"Bueno, sí, quiero decir. Solía poder simplemente decir 'hola, soy Dean Michaelson y soy bombero' y podía salir con prácticamente cualquier chica que quisiera."

"¿Entonces?"

"¡Ya no soy un bombero! ¡Ahora no soy nada!" Dean estaba sorprendido por sus palabras que salieron en un alto volumen, de una forma cruda, y quería tragárselas de vuelta. Pero era demasiado tarde.

Brody parecía afectado. Guardó su teléfono y se acercó para dar golpecitos en el hombro de Dean.

"Ya, ya, Dean. Un disco lastimado no te detiene de ser un bombero. No de las formas que realmente importan. Aún sirves y proteges. Me llamaste aquí para ayudar a investigar sobre el incendio, ¿cierto?" Le dio un golpe más en el hombro a Dean, su tono era severo. "Así que investiguemos este incendio. Muéstrame todo lo que tienes. Lo platicaremos."

Dean controló el momentáneo golpe de vergüenza después de su arranque. Había hecho una escena lo suficientemente creíble como para que Brody no llamara a refuerzos, pero Dean no se había dado cuenta de lo miserable que se sentía con su herida hasta que de repente lo había escupido.

Brody caminó con él a través del cuarto, preguntándole a forma de examen sobre posibles orígenes y aceleradores.

¿Podría haber sido una vela? ¿Por qué no? ¿Qué compuestos tendrían que haber estado en la pared para que los tres puntos entraran en combustión al mismo tiempo? Presionó la cara de Dean cerca de unos de los puntos de origen, sacando una lupa de su cartera y haciendo que Dean apuntara al lugar en donde podría haber iniciado el fuego. El viejo hombre seguía haciendo preguntas, cada vez más difíciles a Dean, hasta que Dean se olvidó de que sólo estaba ahí para mantener ocupado a Brody.

"Así que parece que has descifrado la mayor parte por ti mismo," dijo finalmente Brody. Miró a Dean de arriba hacia abajo. "Recuerdas más de lo que pensaste, hijito."

"Es verdad..." Dean comenzó a decir.

"¿Y te sientes confiado de que puedes cerrar esta investigación?

"Supongo..."

Brody sacó el teléfono de su bolsillo. "En ese caso, solo voy a avisarle sobre este incidente a..."

"¡Espere!" la voz de Donna se escuchó desde la entrada del cuarto.

Brody y Dean voltearon y Dean escuchó como su mentor dejó de respirar por un momento. A lado de Donna se encontraba un hombre viejo y apuesto que, Dean pensó se parecía a una mezcla de Denzel Washington con Sidney Poitier. Su cabello era plateado pero grueso, portaba un traje perfectamente hecho a la medida que mostraba su cuerpo marcado y enfatizaba la gracia en los movimientos del hombre.

Dean volteó a ver la cara de Brody. No conocía mucho sobre la vida personal de Brody, excepto que su pareja de treinta años había muerto años atrás por cáncer. Se había retirado de las fuerzas poco tiempo después y solo salía cuando Dean y algunos otros amigos insistían. Pero por la forma en que sus ojos parecían estar clavados en el hombre junto a Donna, Dean pensó que Brody podría estar listo de dejar atrás su luto.

Donna caminó hacia ellos. Tocó a Brody en el hombro mientras su otro brazo se escabulló alrededor suyo en un corto abrazo de un lado.

"Jefe Brody, permítame presentarle a Max Tigris. Es un amigo de Lola, nuestra mesera del bar, y ella pensó que podrían llevarse bien." Donna miró entre los dos hombres, que no había dejado de verse uno al otro. Sonrió y se alejó, empujando a Max para que se acercara más. "Entonces... eh...Max, ¿por qué no le das un recorrido del hotel al Jefe Brody? El sauna estaba vacío la última vez que revisé y le dije a Cherri, nuestra masajista interna, que cualquier servicio que quieran será por parte de la casa."

Max estiró su mano. Habló con una voz que era profunda como el caudal de un río. "Ven. Creo que disfrutarás de tus vacaciones aquí."

Brody caminó hacia adelante como si estuviera hipnotizado. "Sí, eso sería agradable."

"No se preocupe, Jefe, ¡yo reportaré el incidente a las autoridades!" Dean gritó ya que se estaba yendo.

Max y Brody salieron del cuarto agarrados de la mano. Dean los miró irse, sintiéndose de pronto algo sentimental. "Max no va a romper el corazón de Brody, ¿verdad? Pensé que sólo ibas a encontrar a alguien que los distrajera durante unas horas pero eso parece ser algo más."

Donna sonrió. "Le pedí consejos a Lola. Es un poco como una casamentera, y no le gustan las cosas a la mitad." Donna miró a los dos hombres hasta que dieron la vuelta en la esquina. "Pero yo no me preocuparía por Max y Brody. Max se transforma en tigre, lo cual significa que será magnífico en la cama, y ha estado buscando a una pareja a largo plazo desde que su consorte murió el año pasado. Podrían ser justo lo que el otro necesita." Mientras decía esto, volteó a ver a Dean. Él sintió como su corazón golpeaba fuertemente en su pecho. No estaba seguro de que siguiera hablando de Brody y Max.

"Eh, sí pero, ¿Max está preparado para asegurarse de que Brody no haga ninguna llamada que inunde este lugar de federales? Aunque me haya escuchado decir que iba a reportarlo, Brody es el tipo de hombre que revisará dos veces."

Donna sacó el teléfono de Brody de su bolsillo trasero. "Le quité esto mientras estaba mirando a Max. No llamará a nadie y no se dará cuenta de que no está su celular mientras esté en el sauna."

"Eres increíble, ¿lo sabías?" Dean sonrió, entonces su sonrisa se disipó. "Se dará cuenta de que no lo tiene pronto, y entonces, estarás en problemas. Hay una razón por la cual todos en mi vieja estación de bomberos siempre le tuvieron un poco de miedo."

"Sólo tendremos que mantenerlo distraído hasta que encontremos la manera de fingir que llamaste a las autoridades. ¿Qué tipo de confirmación buscaría?"

"Probablemente una llamada de seguimiento con mi actual jefe para confirmar que se ha lidiado con todo." Dean acarició su barbilla en forma pensativa. "Ahora que tenemos su teléfono, podríamos dejar un mensaje de voz falso en su buzón diciendo que han atrapado a los vándalos involucrados, o que se confirmó que fue un accidente..."

Donna agitó su cabeza. "Vamos a necesitar pensar en algo mejor que eso. Eso es fácil de desacreditar."

"Odio mentirle," Dean dijo. "Fue mi mentor por tantos años. Si tan solo..."

Donna colocó sus dedos sobre los labios de Dean. "No

necesitamos la respuesta en este momento." Ella le sonrió. "Los dos hemos tenido un largo día. Brody no se irá a ningún lado esta noche, no sin su teléfono y no sin Max. Se nos tiene que ocurrir algo." Sus dedos presionaron contra los labios de Dean por un segundo más antes de moverse hacia abajo para acariciar su mejilla, su barbilla, y después cubrir la parte de atrás de su cuello. Dean sintió cómo su piel vibraba, siguiente el trazo de los dedos de Donna. "Supongo que tenemos toda la noche."

Ella se inclinó hacia él. Los labios de Dean parecían moverse con vida propia para unirse a los de Donna. Ella sintió calor y algo suave y él quería quedarse ahí con ella para siempre. Se sentía como si todo el mundo desapareciera con el toque de su lengua. Cuando ella se alejó, el parpadeó y el pasillo apareció en su visión de nuevo.

"Deberíamos encontrar algún lugar para descifrar qué vamos a hacer," Dean dijo. "Eh, ya sabes, sobre evitar que Brody encuentre los cuartos eléctricos."

"Sí, sí," Donna estuvo de acuerdo, "Algún lugar privado."

Los dedos de Dean trazaron el contorno de su cara. Los ojos de Donna, tan hermosos y profundos, parecían tan hermosamente azules como las paredes heladas atrás de ella. "Algo privado suena perfecto.

Ella lo llevó a través de un laberinto de corredores hasta que llegaron a la habitación que le había asignado esa mañana, que parecía haber sucedido años atrás. Todo un mundo nuevo había sido revelado desde que había puesto el rectángulo de plástico en su mano.

"Pareces decepcionado," Donna dijo.

Dean se rió. "Creo que esperaba, con mi nueva visión, que la llave sería...no sé...especial de alguna forma."

"¿Te ayudaría saber que nuestras cerraduras están basadas en el sistema para proteger Avalon?"

"¿En verdad?"

Ella se rió. "No, la verdad no. Pero sería genial si así fuera."

Ella abrió la puerta y Dean dejó salir un sonido de sorpresa grave. Donna probablemente debía estar *realmente* preocupada por la inspección porque lo había asignado a lo que probablemente era una de las suites más caras del hotel. La entrada llevaba a una sala y comedor completos, con muebles tallados de forma compleja y cubiertos en pieles. Las ventanas de piso a techo ofrecían una vista magnífica del Parque Temático Wondernasium del otro lado de la calle. Ahora estaba obscuro, y el parque estaba todo encendido como una tierra de fantasía con luces destellantes. La Rueda de la Fortuna dominaba el horizonte prendida con luces rojas y verdes.

"Sabes, nunca me gustó mucho la fanfarria de la Navidad pero esta vista está ayudando a que me guste mucho," Dean dijo.

"¿Cómo es posible que no te guste la Navidad?" Donna dijo. Subió sobre la enorme cama congelada y se acurrucó entre las pieles. "Es la temporada más mágica del año."

"Más propensa a accidentes, querrás decir." Dean caminó hacia donde ella estaba. "Navidad, el Día de Acción de Gracias y Año Nuevo: la temporada de incendios en las casas. Muchos familiares borrachos jugando con estufas que no conocen, intentando conectar demasiadas luces y electrodomésticos en enchufes sobrecargados. Y ni si quiera voy a empezar a hablar de las personas que aún le ponen velas a sus árboles navideños." Se acostó junto a ella y ella se acurrucó a su lado de forma que él podía sentir todas las curvas del cuerpo de Donna contra su cadera. Su olor embriagante parecía rodearlo y Dean dejó salir un suspiro de felicidad.

Ella lo golpeó suavemente con su codo en las costillas. "Ay, vamos. No pareces ser del tipo Grinch. ¿Cuál es tu problema verdadero con la Navidad? ¿Demasiado comercial para ti?"

Él comenzó a reírse para desmentir su pregunta, pero su sonrisa compasiva lo agarró desprevenido. Se quedó sentado en silencio por un segundo.

"Sé que algo está mal," ella dijo. "No tienes que contármelo pero aquí estoy si quieres platicar." Tocó el brazo de Dean suavemente. Fue la suavidad del contacto lo que lo destrozó.

"El accidente que me dejó sin poder hacer mi trabajo..." Dean habló lentamente, como si estuviera jalando las palabras de su boca lentamente, como un caramelo elástico. "Sucedió en Navidad del año pasado." La fuerte inhalación de Donna a su lado se sentía alentadora, y las palabras comenzaron a fluir más libremente. "El ex de una mujer estaba celoso de su nueva familia y se emborrachó y prendió fuego a uno de los árboles en su patio delantero, se asustó y llamó a emergencias. La familia salió a tiempo, pero su perro, un cachorro tan asustado que estaba fuera de sí, seguía en el segundo piso.

"¿Y regresaste para salvar al cachorro?"

"Ya sé." Forzó una risa, "suena como una mala frase para coquetear con una chica, ¿verdad? Héroe de cachorrito. Salvador del hurón. Siembre me mandaban a rescatar a los gatos que estaban atrapados muy alto. Los chicos de la estación de bomberos solían hacer bromas diciendo que yo era el Rescatista de Mascotas."

Ella pasó un dedo sobre el pecho de Dean. "Hay apodos peores." Ella miró hacia abajo un segundo. Él atrapó su barbilla.

"¿Qué pasa?"

"No es nada. Siento mucho que tu accidente te haya hecho odiar la Navidad. Aunque, sabes, en realidad deberías odiar a los ex violentos e irracionales de las personas en lugar del festejo en el que ese hombre decidió emborracharse."

Él sabía que Donna tenía razón pero le importaba más el pensamiento desagradable que había aparecido en su cara que lo que le había pasado a él. "No, algo sobre los apodos. Lo vi. Estabas triste."

Ella le sonrió pero la luz no llegó hasta sus ojos. "¿Ahora quién es el perceptivo?" Ella miró hacia abajo. "En realidad no es nada, solo un pensamiento. Nada comparado con lo que tú pasaste: perder el trabajo que amabas por hacer lo correcto."

Él tomó la cara de Donna entre sus manos y la besó gentilmente. El beso se sintió bien, era el tipo de beso reconfortante y con apoyo que él siempre se había imaginado dándole a alguien que le importara. "¿Necesito sacar una baraja de cartas para que me lo cuentes?" Él sonrió.

La boca de Donna parecía hacerse más delgada, como si estuviera intentando sonreír de vuelta pero no pudiera lograrlo. "Es estúpido. Nunca tuve un apodo."

"Créeme, están sobrevaluados."

Ella agitó su cabeza. "Un apodo significa que le importas lo suficiente a alguien como para pensar en algo especial que agregarle a tu nombre. Significa que hay algo lo suficientemente distintivo en ti como para que las personas piensen que requiere de atención más allá del nombre que ya tienes. Un apodo significa que a alguien le importas como persona."

"Para eso no..." Dean comenzó a decir.

"Mi hermana tenía cuatro." Miró directo a los ojos de Dean y él vio que estaba controlando sus lágrimas. Él colocó sus manos alrededor de Donna y la acercó a su pecho, sintiendo una necesidad desesperada por arreglar lo que fuera que le afectaba. "Nuestros padres la llamaban 'Hacha', sus amigos la llamaban 'la Emperatriz', la gente en el vecindario la llamaba 'Osa Reina' y era 'Cleo-sita' cuando Mamá le hablaba con cariño. Yo siempre fui solo Donna. Solo Donna, aburrida y poco impresionante.

"¡Pero tú eres increíble! Tú pensaste en hacer que una hidra, de todas las opciones que había, sacara el aire del cuarto, tú encontraste la forma de mantener a Brody ocupado, y es posible que hayas curado su depresión. Si quieres un apodo, yo te daré uno, Srita..." Buscó desesperadamente algo inteligente, después se rindió y eligió, "Bonita Lectora de Mentes con Cara de Póker".

Su sonrisa era minúscula pero estaba ahí. "Si puedes lograr que ese nombre sea popular, te compraré un poni."

El se acercó más. "¿Pero qué tal que no quiero un poni? ¿Qué otro tipo de recompensa puede ofrecer, Srita. Bonita Lectora de Mentes con Cara de Póker?" Dean deslizó su mano por el costado de Donna, dando golpecitos con sus dedos a lo largo de sus costillas.

Ella se inclinó hacia él, extendiendo sus dedos sobre el pecho de Dean. "No lo sé Rescatista de Mascotas. Tal vez podría buscarte un lindo hurón."

"Puedo pensar en algo que me gustaría acariciar mucho más..." Él pasó sus dedos sobre la parte frontal de los pantalones de Donna, a lo largo de su estómago, hundiendo la punta de su dedo índice bajo la banda de los pantalones para acariciar su cintura. Ella se retorció acercándose a él, los dedos de Donna tocaron a Dean, copiando sus movimientos a lo largo de su cinturón. Los dedos de Donna se sentían tan bien que casi se le olvidó decir, "...como a la Srita. Bonita Lectora de Mentes con Cara de Póker."

Ella sonrió. "Tal vez podemos lograr que el resto de la tarde sea más informal." Ella se inclinó hacia adelante y lo besó. "Y puedes llamarme simplemente Srita. Póker." Ella abrió su boca y él empujó su lengua dentro, deleitándose en el sabor de Donna.

"¿Qué tal Srita. Bonita?" Él la jaló para acercarla, rodando en la cama de forma que ella quedó montada sobre él. Ella desabrochó el cinturón de Dean y cambió su peso para poder quitarle los pantalones. Las manos de Donna inmediatamente comenzaron a acariciar su duro miembro a través de la tela delgada de su ropa interior con patrón de camiones de bomberos. Él se retorció, intentando acercarse más al calor de Donna.

"El término hermosa es despectivo." Ella bajó la ropa interior de Dean lo suficiente para liberar su miembro, observando su anchura con apreciación. Ella circuló sus dedos alrededor de la base, su dedo índice y pulgar apenas tocándolo. "Mmmm, me gusta." Ella lamió sus labios y eso casi deshizo a Dean. Él se estiró para ayudarla a quitarse su blusa pero ella quitó las manos de Dean. "¿Qué tal Srita. Cara?"

Ella se agachó y se lo tragó profundo. Él gimió. Ella se sentía increíble. Él podía sentir como su garganta se cerraba alrededor de su punta. No pudo evitar su instinto de empujarse más profundo, cogiendo su boca. La lengua de Donna acariciaba su espada mientras metía y sacaba su miembro entre sus labios. Las manos de Donna masajearon sus bolas, girándolas de forma experta entre sus dedos.

"Maldición, eso se siente increíble." Él gimió. Los dedos de Donna apretaron la base de su miembro mientras su lengua recorría los lados de arriba hacia abajo. La punta de Dean apenas tocaba las cornisas de la parte superior de la boca de Donna ya después ella lo tragó profundamente de nuevo. Él podía sentir la pulsación de los músculos de su garganta rodeándolo. Entonces ella comenzó a tararear y la vibración mandó ondas de placer por todo el cuerpo de Dean.

"Ay, vaya. Eso...eso es..." Ella sonrió alrededor de su miembro, evidentemente complacida con su reacción y tarareó más fuerte. Él casi se cayó de la cama. "Sigue... haciendo eso y me voy a...venir en este momento."

Él intentó salirse pero ella agarró su trasero y lo apretó, manteniéndolo en donde estaba. Los sonidos felices de Donna al sorber lo volvieron loco y se vino muy fuerte, dejando salir un gemido de placer. Ella lo miró e hizo todo un espectáculo al tragarse todo. Ella limpió una mancha de semen de un costado de su labio con un ligero movimiento de sus dedos y él supo que se estaba enamorando de ella.

"Srita. Cara," él dijo, "creo que necesitas desnudarte por completo. Ahora."

Ella chilló y comenzó a desabrochar sus pantalones mientras él desabotonaba la parte frontal de la camisa de Donna y se la quitaba para revelar los increíbles pechos que había estado viendo todo el día. Sobrepasaban el agarre de sus manos y ella arqueó su espalda para presionarlos más firmemente contra las puntas de sus dedos. Él acarició sus pezones con sus dedos pulgares, amando la forma en que se paraban para él. Ella hizo un pequeño sonido que él adoró tanto que se inclinó hacia adelante para lamer sus pechos. Las manos de Dean deseaban estar en todos lados al mismo tiempo: acariciando la parte interna de su pierna, el costado de su brazo, experimentando para encontrar todos sus lugares más sensibles para provocar ese perfecto sonidito de nuevo.

Él agarró los muslos de Donna y la jaló hacia arriba de forma que estaba montada sobre la cara de Dean. Él la mantuvo en posición mientras lamía a lo largo de su apertura en movimientos en zigzag que la hicieron gemir y hacer su sonidito.

"Oh, deberíamos llamarte Sr. Cara a ti por hacerme esto." Ella gimió, sus caderas se movieron a la par con la lengua de Dean, empapándolo con sus jugos mientras ella intentaba incrementar la fricción. Él circuló su apertura con sus dedos índice y medio. Ella gimió en un tono más grave. "Oh, sí." Su respiración ahora era más rápida. "Te necesito dentro de mí." Él empujó sus dedos dentro de ella profundamente, moviéndolos en círculos contra sus paredes. Él amaba lo mojada que estaba, la forma en que sus caderas se movían para acercarse a él. Ella era tan responsiva a cada cosa que él hacía. Había algo en la forma en que dejaba caer su cabeza hacia atrás en pasión desenfrenada que lo hacía querer gritar y golpear su pecho en una muestra de celebración masculina primitiva.

"Sí, eres tan hermosa," él dijo entre lamidas de su sensible clítoris. "Dios, eres tan malditamente hermosa." Él presionó más dentro de ella, jugando con su lengua sobre su clítoris y tocando con su pulgar los costados de su entrada hasta que escuchó como cambió su respiración.

"¡Ahí!" ella gritó mientras él presionaba ese lugar con más fuerza, haciendo círculos con su dedo índice y aumentando la presión de su lengua. Ella se movió y lo montó más fuerte, su respiración cada vez más corta hasta que solo se escuchaban unos cortos y rápidos jadeos.

"¡Sí!" ella gritó mientras llegaba a su clímax y tenía un orgasmo, dejando salir sus jugos sobre la cara de Dean. Él lamió todo felizmente, sintiéndose más fuerte y en calma que como se había sentido en todo el año. Ella se movió hacia abajo sobre su cuerpo hasta que el miembro erecto de Dean estaba bajo su apertura. Ella comenzó a mover sus caderas sobre él, la punta de su miembro se deslizaba hacia adentro y hacia afuera, provocante.

"Necesito que me cojas." Las caderas de Donna se aceleraron mientras lo iba dejando entrar centímetro a centímetro, lentamente dentro de ella. "¡Te deseo tanto!"

Él se recargó hacia atrás, volteándola sobre su espalda con su duro miembro colocado en su entrada. Ella movió sus caderas para darle mejor acceso con una cara de curiosidad al voltear a verlo.

"Srita. Cara, usted no necesita a nadie." Él se empujó más profundo dentro de ella, levantando las piernas de Donna sobre sus hombros para tener mejor acceso. Ella gritó en placer, arqueando su espalda y moviendo sus caderas contra él para dejarlo entrar más. "Tú-eres-per-fec-ta," él dijo, cada sílaba al ritmo de sus movimientos que la penetraban.

"¡Ay, dioses!"

Él podía sentir como un segundo orgasmo crecía dentro de ella. Él empujó más fuerte, amando la forma en que sus grandes pechos rebotaban con la fuerza de sus golpes. Su espalda baja comenzaba a dolerle, pero lo ignoró, enfocándose en la increíble sensación de Donna alrededor de su miembro. La respiración de Donna comenzaba a ser tan rápida, los ruidos que hacía eran casi frenéticos.

"¡Dean! ¡Dean! ¡Sí, oh, dioses!" Cuando se vino de nuevo, él sintió como recorrió todo el cuerpo de Donna mientras se retorcía y gritaba, su cabeza se dejó caer hacia atrás mientras las olas de placer la invadieron. Verla venirse era todo lo que necesitaba para llegar al clímax, vertiéndose dentro de ella y empujándose duro.

La realidad se hizo presente lentamente mientras se dio cuenta de que aún estaba acostado sobre ella. Ella lo sostuvo cerca y se inclinó hacia arriba para besar su cuello antes de que él se moviera de lado y la abrazara.

"Fue en serio lo que dije, Srita. Cara," él dijo suavemente a su cabello.

"¿Mmm?" Donna evidentemente estaba luchando por mantener abiertos sus ojos y él sintió un golpe de orgullo de haberla cansado tanto.

"Eres perfecta."

Ella abrió un ojo para verlo. Él sabía por su expresión que ella estaba evaluando su lenguaje corporal y sus expresiones faciales para adivinar algún tipo de verdad adicional a lo que había dicho. Mantuvo su cara neutral y solo la miró, pensando en todas las formas en que lo sorprendía y lo hacía sentir como el hombre que quería ser.

Ella sonrió. "Feliz Navidad, Dean." Se volteó frente a él, de cerca, y se quedó dormida.

EL SOL CAYÓ sobre la cara de Donna y ella no quería despertar. La tarde había sido tan perfecta. La mañana significaba regresar al mundo real y no estaba lista para hacerlo.

"Mmm...Feliz Navidad, Srita. Cara." Dean se volteó y acercó a Donna.

Tal vez puedo regresar a la realidad un poco más tarde.

El cálido pecho de Dean sobre su espalda desnuda era increíble. Podía sentir los músculos tan trabajados que se levantaban y caían con su respiración y se acercó aún más, uniéndose a sus respiraciones. Las manos de Dean jugaron con sus pechos, provocando a sus pezones hasta lograr que se pararan y ella sintió como una calidez fluyó hacia abajo, entre sus piernas.

"Debo haberme portado muy bien este año, para

obtener un regalo tan bueno bajo mi árbol." Donna se rió. "Tengo tantas cosas que hacer hoy." *Reuniones que planear, huéspedes que tranquilizar, un Brody a quien distraer.* Ella gruñó. "Maldito sea tu hermoso cuerpo por hacerme querer no ir a trabajar."

"Miles de disculpas, mi señora," Dean dijo con una sonrisa. Sus dedos siguieron jugando con los pechos de Donna, una mano deslizándose hacia abajo para cubrir su monte.

"Mmm, tal vez todos puedan esperar durante unos *cuantos* minutos más."

Ella gimió, moviendo sus caderas para que los dedos de Dean entraran en ella. Sus dedos, sin error, encontraron el punto especial dentro de su entrada y ella gritó, "Maldición, eso se siente tan bien."

"Ajá." La voz de Dean sonó a medias mientras presionaba su boca contra el cuello de Donna y la mordía lo suficientemente fuerte para hacerla retorcerse y abrir sus piernas más. Él se movió para cubrirla y su miembro entró como una llave con la forma perfecta dentro de una cerradura.

Ella no pensaba que fuera posible repetir la sensación exquisita de la noche anterior, pero su grueso miembro tocaba todos los lugares correctos una y otra vez. Ella movió sus caderas para que la base de su miembro acariciara su clítoris con cada golpe de entrada, después se aferró a él mientras un orgasmo arremetió a través de ella en ondas mucho más rápido de lo que había soñado jamás.

"Vaya, me encanta como te vienes. Eres tan hermosa." Dean la guió para que se colocara sobre sus manos y rodillas y después se empujó dentro de ella por atrás. Ella se inclinó hacia adelante para dejar que entrara aún más profundamente y el ritmo de Dean aumentó. Sus gemidos de placer hicieron que la tenue sensación de excitación creciera de nuevo. Ella sabía que se iba a venir de nuevo.

"Ay, dioses, bebé, sigue." Ella gimió.

Su miembro se movía dentro de ella, el sonido cuando la piel de ambos golpeaba era como música de percusiones primitiva.

"¡Sí! ¡Sí! ¡Sí!" Ella gritó al venirse de nuevo y sintió la calidez de cómo Dean se venía dentro de ella un segundo más tarde. Ella cayó hacia adelante en la cama, abrazando las almohadas y sintiendo como una relajación pasaba por todo su cuerpo. Él besó gentilmente la espalda desnuda de Donna, entre sus omóplatos, y ella pensó que iba a llorar de la felicidad.

"Déjame prepararnos café," él dijo.

Vaya, el hombre es perfecto.

"Dioses, sí, un poco de café." Donna saltó en un pie mientras se ponía unos pantalones apropiados para el trabajo. "Vamos a necesitar cafeína para mantenernos un paso adelante de tu Jefe Brody."

"Estaba pensando en eso antes de que despertaras y, eh, me distraje." Él se sonrojó al verla. Donna no pudo resistirse a besarlo, dejando sus labios posarse contra los de Dean. Él la abrazó muy cerca, descansando su cabeza sobre el cabello de Donna. "Voy a hablar con Brody. Si aún quiere ver el cuarto eléctrico, le enseñaré el copo de nieve y le explicaré todo."

"Sabrá que le mentiste para evitar que lo viera al principio." Donna sabía que esa decisión solo podía tomarla Dean; él era quien había llamado a Brody y quien lo conocía mejor, después de todo, pero la ponía nerviosa. Si Brody obtenía la Visión y se daba cuenta de que la magia era real, ¿querría atacar? Los humanos reaccionaban de muchas formas diferentes al conocer la verdad, algunos reaccionaban mejor que otros.

"Preferiría decirle la verdad que seguirle mintiendo a la cara," Dean dijo. "Puede ser que ya no pueda sacar cargando a las personas de edificios en llamas pero aún tengo honor."

Donna sintió su sonrisa como un resplandor en su pecho. "Lo sé."

Dean y Dona pasearon por los pasillos del Hotel de Invierno Wondernasium tomados de la mano. Él hotel estaba decorado al extremo: luces, guirnaldas y muérdago colocados sobre casi cada centímetro de las paredes heladas. Una vez que llegaron al lobby principal, los ojos de Donna encontraron a Betsy primero. La hidra, con un pequeño sombrero de Santa sobre cada una de sus cabezas, estaba rodeada por otros huéspedes que estaban escuchando interesadamente a Betsy describir cómo había salvado el día. Moe y su novia hada estaban acurrucados sobre un bloque de hielo cerca, agregando adornos a la historia hasta que sonó como si la hidra hubiera salvado ella sola al pueblo de algún tipo de destrucción.

Donna miró a Dean para ver si le molestaba estar rodeado por sobrenaturales, pero por la mirada de asombro en su cara mientras veía la habitación, parecía no importarle. El resto de la habitación estaba ocupado por un festín de desayuno colocado en varias mesas largas: waffles, ambrosía, tocino, alas de cuervo, pay, pudín y otras preparaciones demasiado exóticas o extrañas como para que Donna las identificara.

"Mmm...huele a que los elfos ya casi tienen listas las galletas de Navidad. Y mira," Donna le susurró a Dean detrás de su mano. "Hasta Krampus está sonriendo." El viejo demonio enojón estaba sonriendo con sus colmillos afilados sobre un vaso de ponche de huevo. "Eso tiene que ser una buena señal, ¿cierto?"

"Ustedes dos están en problemas *serios*." El Jefe Brody se acercó a la pareja con un panqué enrollado en una mano y una caja envuelta para regalo en la otra. Max Tigris estaba parado un paso atrás de él, sonriendo como loco, usando una pijama completa hasta los pies que de alguna forma lo hacia ver elegante.

Los ojos de Donna se abrieron más al ver que Brody portaba un suéter navideño de renos jalando camiones de bomberos en un patrón que se estiraba a lo ancho de su pecho. *Necesito conseguir uno para Dean.*

"Jefe." Dean se paró un poco más alto mientras se dirigía a su mentor. "Vine para explicarle todo. Yo…"

"No puedo creer que ustedes dos se hayan *escabullido* para salir y comprarme un regalo. Ahora me siento terrible por no traerles nada." Quitó la tapa de la caja envuelta y les mostró sus contenidos. "¿La colección *entera* de Beach Boys con información relevante de las sesiones y comentarios? ¿Cómo demonios supieron?"

"En realidad, eso no es de nuestra parte." Donna hizo un ademán señalando al árbol de Navidad espectacularmente decorado que se alzaba en el salón. "Este árbol ha sido encantado para entregar regalos de parte de mismísimo hombre gordo."

El Jefe Brody se rió. "Si eso fuera verdad, esta caja estaría llena de carbón." Guiñó un ojo. "Hablando de cosas que pueden quemarse, descifré la fuente de tu cuarto de hielo extra crujiente."

Dean tartamudeó y escupió, ahogándose en su ponche de huevo.

El corazón de Donna se aceleró mientras le daba a Dean

unos golpes firmes en la espalda. *Maldición. Estaba investigando sobre la noche anterior, después de todo.*

"Lo siento, yo..." Dean dijo entre tosidos.

"¿Tubería equivocada, eh?" La voz usualmente brillante del Jefe se hizo más grave. "Bueno, Max, aquí, me ayudó a ver los registros de huéspedes de esa habitación. Estaba rentada a unas hadas, por eso el follaje, pero cambiaron la habitación con un grupo de hombres que se transforman en dragones a quienes les gustó la vista. Unas cuantas rondas de más de ping pong con cerveza, empezaron a enojarse y tres de ellos sacaron llamas de fuego al mismo tiempo... adiosito a los árboles."

"Tú..." El cerebro de Donna se aceleró sin poder formar un pensamiento coherente. "Tú sabes sobre..."

"¿Todo esto? Por supuesto que sí." Brody acarició el inicio de barba en su barbilla. "Mira todo este cabello canoso; no envejeces tanto sin aprender una cosa o dos. De cualquier forma, hablé con los dragones y les di una buena y larga plática." Una sonrisa lenta apareció en su cara. "En realidad pienso que los asusté un poco. Aún lo tengo en mi."

"Sí que lo tiene," Max agregó.

Dean parecía como si le hubieran dado un golpe en la cara que no esperaba. "Señor, no sabe lo que significa para que mi que sepa sobre..." señaló alrededor a las hadas, duendes, dragones, sátiras y otros sobrenaturales reunidos. "Todo esto."

"¿Estás bromeando? Esto es lo más divertido que he hecho en mucho tiempo," el Jefe Brody dijo. Le sonrió a Max y Donna sintió, por primera vez en ese mañana, que tal vez todo iba a solucionarse con un final feliz para siempre.

Lola caminó hacia ellos, cargando un saco rojo abultado. "¡Feliz Navidad personas extrañas!"

"Feliz Navidad, Lola." Resonó la voz del Jefe Brody.

"Escuché que descifraron el misterio del cuarto congelado en llamas, Inspectores Listos."

El Jefe Brody hasta se sonrojó. "En realidad no fue nada. Solo seguí las pistas."

"¿Algún interés en regresar a trabajar? Una persona tan experimentada como tú no debería mantenerse fuera de ritmo." Lola le entregó un coctel de rayas rojas y verdes. "Hay un caso interesante incluyendo un globo de aire caliente y unos cuantos minotauros a unos pueblos de distancia. ¿Interesado?" Miró a Max. "Sé que Max tiene a algunos amigos en el vecindario que podrían ayudar con la investigación, si crees que mantenerlo cerca podría mejorar...la experiencia."

"¡Por supuesto!" La cara entera del Jefe se iluminó. Volteó a ver a Max. "¿Qué opinas? ¿Deberíamos encaminarnos hoy?"

Max levantó su vaso y sonrió. "Pues yo sé bien cómo divertirme en un globo de aire caliente."

Donna no estaba segura sobre a qué se refería, pero por cómo Brody se sonrojó profundamente, podía adivinar.

Brody volteó abruptamente para tomar la mano de Dean y Donna. "Gracias por una Navidad increíble." Se inclinó hacia Dean, murmurándole mientras veía a Donna, "No dejes ir a esta. Es de las que debes quedarte."

Dean murmuró de vuelta. "Eso es lo que pretendo." Se recargó más cerca de Donna para murmurar, "Srita. Cara."

Lola levantó una ceja pero sintió la suficiente empatía hacia Dean como para no comentar nada. "Oh, antes de irme... ¡regalos!" Lola entregó cajas decoradas con la temática del festejo a Dean y Donna y se quedó con una. "El hombre gordo realmente se esforzó este año."

Dean sacó un pequeño frasco de polvo blanco de su caja. "Es..." la agitó para ver qué ocurría. "¿Azúcar? ¿Drogas?"

"Vaya, ¡es Soplo!" Donna tomó el frasco en sus manos, sosteniéndolo contra la luz. "Es uno de los compuestos sanadores más potentes en el mundo. Está hecho de escalas de dragón y es muy difícil conseguirlo." Ella lo acercó para darle un beso rápido. "Esto sanará tu espalda y te dejará mejor que nuevo. Puedes..." Sintió una fuerza fría que tomaba su corazón. "Puedes regresar a tu vida anterior. A combatir incendios."

"O puedo transferirme a la estación de bomberos de aquí." Él la jaló cerca. "Alguien tiene que poder salvar el día la próxima vez que se vean amenazados por fuego de dragón."

"¿Lo dices en serio?" Donna resistió la necesidad de chillar de alegría como una niña. *¡Se va a quedar!*

Volvió su atención a la caja larga y delgada en sus manos y sintió un jalón en su manga.

Lola le murmuró a Donna, "Puede ser que quieras abrirlo más tarde, Srita. Cara..." Volteó a ver a Dean de manera significativa. "En la habitación."

Donna se rió, una risa del corazón llena de alivio y verdadera alegría. Tenía el mejor trabajo del mundo, rodeada por las personas que amaba.

Amo la Navidad.

Querido Lector:

Esperamos que hayas disfrutado de **El Hombre Oso Multimillonario**. Realmente nos encanta este mundo, y crear más lugares y personas que lo habiten. Muchos lectores escribieron preguntando; "¿Qué pasó con Lola?" Bueno, estén atentos para más apariciones de la misteriosa Lola, porque las aventuras en AUDREY'S (y los interludios románticos paranormales) no se han acabado.

La primera vez que publicamos esta serie, nos llegaron un montón de correos electrónicos de los fans agradeciéndonos por estos libros. A algunos les gustaron ciertas series y grupos de personajes más que otros. Como autoras, nos encanta la retroalimentación. Su aprecio por este mundo es la razón por la que seguimos escribiendo libros sobre Audrey y Lola.

Las reseñas son cada vez más difíciles de encontrar en estos días. Tú, como lector, tienes el poder ahora para hacer o deshacer un libro.

Así que, dinos lo que te gustó, lo que te encantó, incluso lo que odiaste. Nos encantaría saber qué piensas. Puedes escribirnos a ajtipton.author@gmail.com, o visitar nuestro sitio web en https://ajtiptonauthor.wordpress.com. También podemos conectarnos a través de nuestra lista de suscripciones por correo electrónico, Facebook y Twitter.

Muchas gracias por leer **El Hombre Oso Multimillonario** y pasar tiempo con nuestros extravagantes cerebros.

Diviértanse todos.

Annie y Jess ("AJ") Tipton

ACERCA DEL AUTOR

AJ Tipton es el pseudónimo de un equipo de escritoras: Annie y Jess (¿Entendiste? "AJ". Ahora entiendes). Drones corporativos de día; las noches las pasamos escribiendo fantasías para sorprender, excitar, y entretener. Situadas en Brooklyn, somos unas locas totales y nos encanta.

¿Quieres leer más historias sobre lo extraño y maravilloso? Regístrate en la lista de suscripción a las nuevas publicaciones y serás el primero en saber cuándo los nuevos libros estarán disponibles. También puede haber otras sorpresas en el camino. O simplemente ponte en contacto con nosotras directamente por ajtipton.author@gmail.com

Nuestras ideas para futuros libros —desde robots sexuales hasta burdeles de fantasmas— nos mantendrán ocupadas durante muchos años por venir, así que sigue adelante para más diversión y haznos saber cuál serie te gusta más. Nos encanta escuchar opiniones de nuestros lectores.

https://ajtiptonauthor.wordpress.com/
ajtiptonauthor@gmail.com